Ein Kinderkrimi von
Dierk Rohdenburg

Mit Zeichnungen von
Annette Frankholz

Dierk Rohdenburg

Geheimnisvolle Grabungen

albarello

INHALT

EIN INTERESSANTER FUND

Langweilig! Überhaupt nichts Interessantes! Tobias warf die Zeitung zurück auf den Tisch. „Schützen wählen neuen Vorstand“ oder „Sommerfest mit buntem Programm“. Wen interessierte das? Dafür kaufte man doch keine Zeitung, oder? Und dafür saß ein Reporter doch nicht den ganzen Tag und manchmal bis spät in die Nacht im Büro der Zeitung! Lustlos faltete Tobias die Zeitungsseiten übereinander, um sich einen Hut daraus zu basteln. Dann war das Papier wenigstens zu etwas nütze!

„He, bist du jetzt völlig übergeschnappt?“ Manfred, Tobias’ Vater, spurtete von der Kaffeemaschine herüber und riss seinem Sohn die

Zeitung aus der Hand. „Die muss ich noch lesen!"
„Wieso, du kennst doch sowieso schon alles, was da drin steht. Hast es doch selbst geschrieben!"
Manfred schmunzelte. „Nur eine Seite habe ich davon geschrieben. Die Zeitung hat aber 40 Seiten. Also ist auch für mich noch genug zu lesen drin."
„Wenn das alles so langweilig ist wie die Berichte auf deiner Seite, dann kannst du es dir auch sparen", sagte Tobias. „Ist doch jeden Tag das Gleiche. Passiert hier überhaupt nichts Spannendes?"
„Im Augenblick anscheinend nicht." Der Vater seufzte und goss sich den Kaffeebecher voll. „Ich bin schon froh, wenn ich meine Seite überhaupt gefüllt bekomme in diesem Sommerloch."
„Sommerloch?" Tobias musste lachen. „Da fallt ihr im Sommer alle rein, oder wie?"
„Wir nicht. Wir sind ja noch da. Aber die anderen sind plötzlich wie vom Erdboden verschluckt. Nirgendwo ist mehr was los. Keine Sitzung, keine Feier, keine Aufregung. Alle sind im Urlaub."
„Nur die Zeitungsleute des Generalanzeigers nicht", sagte Tobias verbittert.

„Halt! Stopp! So auch wieder nicht. Immerhin ist nur die Hälfte unserer Lokalreporter anwesend. Die andere Hälfte der Leute, die für die Zeitung schreiben, also mein Kollege Egon, ist verreist.“
„Das ist genau die falsche Hälfte.“ Tobias zerdrückte mit dem Teelöffel Brötchenkrumen auf seinem Brett. So was Blödes! Wenn sein Vater doch jetzt schon freihätte! Jetzt war draußen bestes Sommerwetter. Und er musste hier in diesem Kaff hocken! Erst in acht Tagen ging es in den Urlaub. Dann aber auch nur mit dem Fahrrad, weil nicht so viel Geld da war. Und wenn das Wetter plötzlich schlechter wurde? Dann ging die ganze Reise baden!
Glücklicherweise kamen Silke und Vera mit. Vera war Papas Freundin und Silke ihre Tochter. Mit den beiden unterwegs zu sein versprach Abwechslung. Allein mit seinem Vater wegzufahren war keine besonders verlockende Vorstellung. Sein Vater verstand unter Urlaub nämlich meistens, dass er stundenlang regungslos irgendwo am See liegen und in einem Buch oder in der Zeitung lesen konnte. Wie langweilig! Oder durch die Innenstädte bummeln und sich „reizvolle Archi-

tektur" an Kirchen oder große Künstler im Museum angucken. Zum Gähnen!
„Ich muss übrigens gleich los", unterbrach Manfred Tobias' Gedanken. „Ich habe einen Termin beim Stadtarchivar. Der kümmert sich um alles, was früher hier geschehen ist. Und er hat Unterlagen darüber, dass in dieser Gegend vor über 3000 Jahren Menschen gelebt haben. Das war in der so genannten Bronzezeit."
„Na und? Das interessiert doch heute niemanden mehr. Die sind schließlich schon lange tot."

„Banause.“ Manfred lachte. „Ich kann mir ja schlecht Diebstähle oder Banküberfälle ausdenken, nur weil die Jugend des Ortes so etwas lieber liest.“

„Warum eigentlich nicht?“, murmelte Tobias, doch das hatte sein Vater schon nicht mehr gehört. Er war nämlich mit seiner Kaffeetasse im Badezimmer verschwunden. Da las er meistens ein paar Zeitungsartikel, hastete anschließend in sein Arbeitszimmer, riss die Tasche von der Garderobe und stürzte in Richtung Verlagsgebäude. Dort hatte er allerdings oft wieder viel Zeit. Im Büro in der oberen Etage saß nämlich Vera. Sie war für die Verteilung der Zeitung zuständig. Das war natürlich nicht der Grund, warum Manfred eine halbe Stunde dort oben hockte, Kaffee trank und sich unterhielt. Obwohl Tobias das eine Weile gedacht hatte. Aber dann wurde ihm klar, dass die beiden sich ineinander verliebt hatten. Und seit etwa einem halben Jahr waren sie ein Paar. Allerdings nicht verheiratet. Sie lebten auch nicht zusammen im selben Haus. Noch nicht.

Eigentlich war Vera ganz o.k. ... Tobias hatte

zumindest keine Probleme mit ihr. So lange sie nicht die Ersatzmutter spielen wollte. Das konnte sie nämlich getrost vergessen. Wozu eine Ersatzmutter haben, wenn der Vater ganz in Ordnung war? Na ja, immerhin meistens ... Und an die richtige Mutter hatte Tobias keine Erinnerung, weil sie kurz nach seiner Geburt gestorben war. Da ging es Silke ganz anders. Ihren Vater sah sie nämlich nur alle drei bis vier Wochen, weil ihre Eltern seit zwei Jahren geschieden waren. „Das reicht mir aber auch vollkommen“, sagte Silke oft. Meistens hatte sie keine Lust, extra nach Bremen zu fahren, wo ihr Vater jetzt mit einer anderen Frau und einem kleinen Kind lebte. Da machte es ihr wesentlich mehr Spaß, mit ihrem neuen Halbbruder Tobias durch die Gegend zu ziehen. Wie heute. Tobias war gerade dabei, in seinem Zimmer die Comicsammlung neu ins Regal einzuordnen, als im Flur die Klingel schellte. Er lief zur Tür.
„Kommst du mit zu Schrotti? Ich brauch unbedingt einen neuen Dynamo und vielleicht finde ich auch eine Anhängerkupplung“, rief Silke außer Atem.
„Sonst noch Wünsche? Vielleicht eine Zehngang-

schaltung oder einen Hilfsmotor?“ Tobias musste grinsen. Silke war dafür bekannt, dass sie auf dem Schrottplatz alles fand, was sie brauchte. Manchmal fand sie sogar noch viel mehr. Dinge, die ihr einfach nur gefielen und irgendwann mal einen Nutzen haben könnten. Dann gab es oft Ärger mit Vera. „Wir sind doch kein Gebrauchtwarenlager“, hieß es meistens, wenn ihre Tochter wieder etwas Neues anschleppte. Und nur selten gelang es Silke, ihre Mutter davon zu überzeugen, dass die neue Fundsache unbedingt benö-

tigt wurde. Aber eine Fahrradanhängerkupplung ging natürlich immer durch. Genauso wie ein Dynamo. Schließlich wurden die Sachen für die Urlaubstour gebraucht.
Kurz darauf liefen die beiden durch die Straßen von Syke zu Schrotti. Der Besitzer des Schrottplatzes hieß eigentlich anders, aber im Ort wusste kaum jemand seinen richtigen Namen. Wozu auch? Schrotti passte nun mal zu einem Mann, der ständig auf seinem Schrottplatz herumturnte. Schrotti sammelte alles, was aus Metall war. Die Gegenstände türmten sich meterhoch in seinem Lager, und auf den ersten Blick sah es so aus, als könnte man dort nie und nimmer die richtigen Ersatzteile finden. Doch Schrotti wusste immer Bescheid. Er schlurfte mit seinen großen Stiefeln über den Hof, steuerte zielsicher einen Haufen Gerümpel an und zog schon nach kurzer Zeit das gesuchte Stück aus dem Stapel. Allerdings waren die Fundstücke bei Schrotti meistens nicht mehr im besten Zustand, weil sie draußen lagerten und dabei rosteten.
„Ich bin schließlich kein Warenhaus“, brummelte Schrotti, wenn sich jemand über Beulen im

Wasserkessel oder Rost am Ofenrohr aufregte. „Dann gehe doch in den Supermarkt. Da zahlst du das Dreifache. Also maul hier nicht rum.“ Meistens war Schrotti schlecht gelaunt. Deshalb hatte er kaum Freunde und schon gar keine Frau. In der Regel war es besser, ihn nicht mit Fragen zu belästigen. Silke wusste sowieso, wo die Fahrrad-Ersatzteile lagen. Also winkten sie Schrotti nur kurz zu und liefen an den Gerümpelhaufen vorbei, bis sie zu einem überdachten Unterstand kamen. Dort türmten sich Fahrradlenker, in Regalen fanden sich Zahnräder, Radgabeln, Schutzbleche, Lampen, Dynamos und vieles mehr.
„Sauber.“ Silke pfiff anerkennend durch die Zähne. „Letztes Mal war das alles noch nicht sortiert. Aber so ist es natürlich einfacher.“ Sie prüfte die Dynamo-Laufräder und die verschiedenen Qualitäten, während Tobias in der Nähe über das Gelände streifte. Sein Fahrrad war ziemlich neu, so dass er keine Ersatzteile brauchte. Doch vielleicht gab es hier noch andere interessante Dinge zu entdecken. Die Tür der Halle, in der Schrotti auch alte Gegenstände reparierte, stand ein wenig offen. Mit einem kurzen Blick sah

Tobias, dass zurzeit niemand drin war. Er zog die Tür ein Stück weiter auf und lief an mehreren Stapeln Zeitungspapier entlang zu der kleinen Hebebühne im hinteren Bereich der Halle. He, was hatte Schrotti da in Arbeit? In einiger Höhe war ein schwarz glänzender Oldtimer aufgebockt. Tobias betrachtete das Auto neugierig. Der Wagen hatte ein Faltdach, riesig große, blank gewienerte Scheinwerfer und weit ausladende Trittbretter an beiden Seiten. Junge, war das ein Schmuckstück! Wo hatte Schrotti diesen Wagen wohl aufgegabelt? Fertig repariert und renoviert war der bestimmt ein Vermögen wert ... Sicherlich gab es Museen, die sich dafür interessierten!
Tobias ließ seinen Blick weiter durch die Halle schweifen. Doch zurzeit lagerte hier nichts Interessantes mehr. An der einen Wand stapelten sich Bananenkartons und hinten neben der Tür lehnte in einer dunklen Ecke ein merkwürdiger Gegenstand. Was konnte das sein? Tobias ging näher heran und betrachtete das Teil. Es sah aus wie eine große, runde Scheibe. Wie ein alter Deckel von einer Tonne, denn in der Mitte befand sich eine Art Griff. Seltsam! Tobias nahm sich die

Scheibe und trug sie nach draußen.
„Guck mal, was ich hier habe!“, rief er Silke zu, die gerade auf einem Haufen Fahrradrahmen herumturnte.
„Was soll das denn sein?“, fragte sie neugierig.
„Keine Ahnung. Sieht aus wie ein verrosteter Deckel.“ Tobias fuhr mit den Fingern über die Rillen, die in das Metall geschlagen waren. „Ob das Kupfer ist?“
„Glaub nicht“, sagte Silke. „Wahrscheinlich ist das vom Sperrmüll. Und Schrotti hofft, dass es auf einen Behälter draufpasst, damit er beides

zusammen verkaufen kann."
„Möglich", meinte Tobias. Aber irgendwie wunderte es ihn schon, dass das Teil in der Halle beim Auto stand. Er trug seinen Fund wieder in die Halle und lehnte ihn an die Wand. Eine Weile suchten sie noch in Schrottis Gerümpel nach brauchbaren Dingen. Tobias ging an den Regalen entlang und schaute sich an, was dort lag. Da hinten! Plötzlich war er ganz aufgeregt. Das war doch ein Fahrradcomputer! Na klar! Auf einem der tiefer gelegenen Regale lag ein Lenker, an dem der kleine Computer befestigt war. Ob Schrotti überhaupt wusste, dass er hier so ein Schmuckstück liegen hatte? Tobias zog den Lenker hervor und drückte die Knöpfe auf der Anzeige. Nichts passierte. Wahrscheinlich waren die Batterien leer. Aber wenn der Computer noch funktionierte, wäre das sensationell für die Urlaubsfahrradtour. Dann könnten sie jeden Tag genau ablesen, wie schnell und wie weit sie gefahren waren.
Silke hatte in der Zwischenzeit ihre Suche nach einer Anhängerkupplung aufgegeben. Dafür hatte sie einen voll funktionstüchtigen Dynamo gefunden, der sogar noch wie neu glänzte.

„Lass uns mal bei Schrotti fragen, was der kosten soll“, sagte sie und sprang von einem alten Bettgestell zurück auf den Boden. Als Tobias ihr den Fahrradcomputer zeigte, wurde sie ein wenig neidisch. „Den hätte ich auch gerne gefunden“, meinte sie.
„Vielleicht erwischen wir später nochmal einen“, sagte Tobias.
„Das glaubst du doch selbst nicht“, rief Silke. „Das ist ein absoluter Glücksgriff.“

Die beiden gingen in Richtung Ausgang. Schrotti saß noch immer vor seinem Wärterhäuschen am Eingang. Er las in einem Buch, was sonst eigentlich nie vorkam. Meistens lief er nämlich mit dem Mobiltelefon am Ohr und einer Zigarette im Mund an seinen Schrottbergen entlang und verhandelte mit irgendwelchen Lieferanten.
„Dass der überhaupt lesen kann, wundert mich“, flüsterte Tobias Silke zu.
„Vielleicht tut er ja nur so“, antwortete Silke.
Als sie bei Schrotti ankamen, ließ der sein Buch für einen Moment sinken und betrachtete ihre Fundstücke. „Dynamo zwei Euro, Computer 2,50 Euro.“
„Beides zusammen für vier Euro“, sagte Silke.
„He, he. Das sind schon absolute Tiefstpreise bei mir“, brummte Schrotti.
„Dann bringen wir die Sachen eben wieder zurück“, entgegnete Silke, der es Spaß machte, mit Schrotti zu handeln.
Doch diesmal gab der Händler sofort nach.
„O.k.“, sagte er und deutete auf Tobias. „Vier Euro, wenn dein Vater mal wieder eine nette Zeile über meine Firma schreibt.“

„Ich werde mit ihm reden“, sagte Tobias und grinste.
„Gut, und jetzt zieht Leine“, rief Schrotti, nachdem er die Münzen in seiner Hemdtasche hatte verschwinden lassen. Er griff wieder nach seinem Buch. „Ur- und Frühgeschichte in Niedersachsen“ las Tobias den Titel, als er sich neugierig umwandte. Ging Schrotti jetzt unter die Heimatforscher? Vielleicht informierte er sich ja über die ersten Schrottplätze der Region. Oder er sah nach, wie alt sein Auto hinten im Schuppen war.
„Los, komm“, rief Silke, die unbedingt gleich ihren Dynamo anbauen wollte.
„Nur keine Hektik“, beschwichtigte Tobias. „Wir haben schließlich Ferien.“

EIN DINOSAURIER IN DER INNENSTADT

Am nächsten Tag stromerten Tobias und Silke am Ufer des Mühlenteiches herum. Die Sonne schien und es war so schwül-warm, dass man die Hitze nur in T-Shirt und kurzer Hose ertragen konnte.
„Wenn das mit der Trockenheit so weitergeht, ist hier bald kein Wasser mehr drin“, sagte Silke und stupste ihr kleines Holzrindenboot mit dem Ast über eine Stelle hinweg, an der nur noch ein dünnes Rinnsal lief.
„Vielleicht bekommen wir hier ja eine Dürre wie in Afrika“, rief Tobias, der auf der anderen Seite des Grabens entlangging.
„Hoffentlich nicht. Ich habe keine Lust, stundenlang zu laufen, um Wasser zu bekommen.“

„Ich auch nicht“, sagte Tobias. „Aber ich würde stundenlang laufen, um ein Eis zu kriegen. Die Hitze heute ist ja mörderisch.“
„Ein Eis kannst du auch schneller haben“, behauptete Silke. „Ich habe nämlich Urlaubsgeld von meiner Oma bekommen.“
„Das brauchst du doch für unsere Radtour.“
„Ich will ja auch nicht alles für Eis ausgeben“, entgegnete Silke. „Und ich rechne voll damit, dass du mir später auch mal was spendierst.“
„Klar“, sagte Tobias und sprang mit einem weiten Satz über den Graben. Die Vorstellung, gleich an einem Eis zu schlecken, gab ihm neue Kräfte. In der Hauptstraße war ein italienisches Café, in dem man das beste Eis von Syke bekommen konnte. Das fanden zumindest Silke und Tobias. Außerdem war das Café gleich um die Ecke. Mit je drei Kugeln in der Waffel setzten sie sich auf eine Bank in der Einkaufsstraße, die zu dieser Zeit ziemlich verlassen dalag. Nur eine Frau mit zwei kleinen Kindern stand vor einem der Schaufenster und eines der Kinder guckte neidisch auf das Eis in Tobias' und Silkes Hand.
„Man könnte fast glauben, dass hier alle Leute in

Zillike

den Urlaub gefahren sind“, sagte Silke.
„Sommerloch“, meinte Tobias.
„He?“
„Da sitzt mein Vater im Augenblick mit seiner Zeitung drin. Deshalb saugt er sich beim Stadtarchivar uralte Geschichten aus grauer Vorzeit aus dem Daumen und bringt die demnächst in die Zeitung.“
„Wieso? Ist doch spannend. Ob hier mal Dinosaurier gelebt haben?“, überlegte Silke und bekam ganz rote Wangen bei dieser Vorstellung. „Stell dir vor! Vielleicht ist hier vor vielen tausend Jahren mal ein dicker Dino mit seinen riesigen Tretern entlanggelatscht und hat Blätter von den Bäumen gezupft. Vielleicht stand der genau hier, wo wir im Augenblick sitzen.“
„Dann wärst du jetzt platt wie eine Flunder. Sei froh, dass die Viecher ausgestorben sind und nicht unser Eis mopsen können“, meinte Tobias. „Aber ich sehe gerade einen anderen Dinosaurier, der noch verdammt lebendig aussieht.“
„Rudi Rudloff!“, kicherte Silke und musste aufpassen, dass sie sich nicht am Eis verschluckte, als sie sich vorstellte, wie der Polizist als Pflan-

zen fressender Dinosaurier ausgesehen haben könnte.
Rudi Rudloff war in der Tat ein Schwergewicht und konnte es fast mit einem Dinosaurier aufnehmen. Der Polizist trug einen ziemlich dicken Bauch vor sich her und bei dieser Hitze war sein Gesicht rot angelaufen. In regelmäßigen Abständen tupfte er sich mit dem Taschentuch den Schweiß von der Stirn. Aber obwohl der stämmige Rudloff ein wenig furchteinflößend wirkte, war er doch ein ganz netter Polizist, der sich lieber mit den Bürgern unterhielt, als ihnen nachzuspionieren.
Die Kinder sahen, wie Rudloff die Einkaufsstraße hochmarschierte und dann auf das Gebäude des Generalanzeigers zusteuerte.
„He, he", flüsterte Tobias. „Was will der denn jetzt bei meinem Vater?"
„Vielleicht will er ja gar nicht zu deinem Vater, sondern zu meiner lieben Mama ...", flötete Silke.
„Das glaubst du doch selbst nicht." Tobias reckte seinen Hals, um zu erkennen, ob Rudloff zur Zeitung hineinging. Nee, zuerst blieb er vorne bei der Anzeigenannahme stehen und sprach dort

mit jemandem. Aber gleich würde er bestimmt weiter nach hinten laufen, wo die Schreibtische der Redakteure waren.

„Normalerweise kommt der doch erst am Nachmittag und erzählt, wo es Verkehrsunfälle oder Diebstähle gegeben hat“, flüsterte Tobias. „Ob da was faul ist?“

„Bestimmt hat sich bei dieser Hitze irgendwo der Asphalt aufgelöst und die Straße muss jetzt gesperrt werden“, meinte Silke.

„Blödfrau.“ Tobias schob sich das Waffelende in den Mund und sprang auf. „Das will ich genauer wissen“, sagte er und lief auf das Zeitungsgebäude zu. Auch Silke war jetzt neugierig geworden. Sollte hier im Ort tatsächlich etwas passiert sein? Das wäre ja zu schön, um wahr zu sein …

WER GRÄBT IM WALD?

Es gab einen Hintereingang in das Zeitungsgebäude. Der war zwar nur für die Angestellten gedacht, die mit ihren Autos am Mühlenteich parkten, aber Tobias und Silke waren ja praktisch so etwas wie Angestellte. Zumindest waren sie deren Verwandte. Vorsichtig schlichen sie den Flur entlang. Die Tür der Redaktion war nur angelehnt. Doch vorher mussten sie an der Kaffeeküche vorbei und da stand natürlich wieder mal Frau Maus, die gleichzeitig Anzeigenberaterin und das größte Plappermaul der Zeitung war. Als Tobias und Silke vorbeischlichen, steckte sie sofort ihre neugierige Nase durch den Türrahmen.

„Psst...“, machte Tobias und tat geheimnisvoll. „Überraschung für meinen Vater.“
Frau Maus nickte verschwörerisch. Aber ihr war deutlich anzusehen, dass sie am liebsten gleich mit in die Redaktion gehuscht wäre. Dummerweise hatte sie sich gerade eine Zigarette angesteckt und damit durfte das Büro der Reporter nicht betreten werden.
Die Kinder waren schon weiter. Sie schoben behutsam die Tür auf und huschten lautlos hinter den Schreibtisch von Egon Vogel, dem Kollegen, der Urlaub hatte. Gerade rechtzeitig, denn im gleichen Moment hatte sich Rudi Rudloff im Sessel vor Manfreds Schreibtisch niedergelassen. Er stöhnte und wischte sich den Schweiß von der Stirn. „Mensch Manni! Das halte ich nicht mehr lange aus mit dieser Hitze ...“
„Möchtest du ein Glas Wasser, Rudi?“, fragte Tobias’ Vater belustigt. Doch Rudloff winkte schwach ab und fächelte sich frische Luft zu.
„Was ist denn überhaupt los, dass du hier schon am Mittag auftauchst“, erkundigte sich der Reporter. „Wirst du an den Nordpol versetzt, damit du nicht mehr so schwitzt, oder was?“

„Geheimnisvolle Dinge. Rätselhafte Vorgänge." Rudloff senkte seine Stimme, so dass sich die Kinder hinter dem Schreibtisch viel sagend zuzwinkerten.

„Sag bloß, du bringst mir eine interessante Geschichte", lachte Tobias' Vater. „Die könnte ich nämlich im Augenblick gut brauchen."

„Eben nicht, Manfred", entgegnete der Polizist und seine Stimme klang ein wenig rau. „Ich bin hier, damit du auf keinen Fall eine Geschichte davon machst. Zumindest jetzt noch nicht. Hörst du? Ich möchte mit dir zusammenarbeiten. Und du musst mir versprechen, dass du keine Zeile ohne meine vorherige Einwilligung veröffentlichst."

„Na, das klingt ja ungemein spannend", rief Manfred und beugte sich interessiert vor.

„Nur, wenn du schweigst."

„Muss ich ja wohl, wenn du das verlangst."

„Genau." Der Polizist räusperte sich. „Es geht nämlich um Löcher, und da möchte ich niemanden auf die Idee bringen, das nachzuahmen. Außerdem wissen wir noch nicht, wer gräbt. Das alles ist sehr rätselhaft."

„So, wie du mir das erzählst, ist das in jedem Fall rätselhaft“, sagte Tobias’ Vater. „Von welchen Löchern sprichst du. Und wo sind sie? Auf dem Golfplatz?“
„Mach dich darüber nicht lustig, Manni. Die Sache ist ernst.“ Der Polizist senkte die Stimme erneut, so dass Tobias und Silke nur noch mit Mühe etwas verstehen konnten. „Die Löcher sind im Wald. Ein Spaziergänger hat sie vor einigen Tagen entdeckt und uns gemeldet. Irgendwer wühlt da im Waldboden herum, buddelt Löcher

und schaufelt sie dann wieder zu. Wir wissen nicht, wer. Wir wissen auch nicht, warum. Aber wir sind sicher, dass es kein Tier ist."

„Vielleicht hat dort vor Jahren jemand die Beute aus einem Bankraub vergraben und weiß jetzt nicht mehr genau, wo", vermutete Tobias' Vater.

„Das wäre eine Möglichkeit", stimmte ihm der Polizist zu. „Das wäre sogar höchst wahrscheinlich. Aber genau wissen wir es nicht. Vor vier Tagen ist das erste Loch entdeckt worden. Gestern hat man ein zweites in der Nähe des Fledermausbunkers gefunden. Die Grabungsstelle ist etwa drei Meter breit und das Loch wurde mit lockerer Erde wieder zugeschüttet. Doch weit und breit sind keine Spuren zu erkennen. Der Täter war sehr vorsichtig."

„Hast du schon mit dem Förster gesprochen?", erkundigte sich Tobias' Vater.

„Nein, deshalb bitte ich dich ja auch, erst mal nichts darüber zu schreiben. Förster Schumann ist noch drei Tage im Urlaub. Und wenn er wieder da ist, soll er sich die Sache in Ruhe anschauen."

„Verstehe. Du möchtest vermeiden, dass andere auf die Idee kommen, nach einer verloren gegan-

genen Banküberfallbeute zu suchen, stimmt's?"
„Ja, und außerdem wollen wir den unbekannten Graber nicht schon vorher misstrauisch machen."
„Ich schätze, du hast den gleichen Verdacht wie ich, wer da am Werk sein könnte, oder?" Tobias' Vater zwinkerte dem Polizisten verschmitzt zu.
Rudloff nickte. „Rauheim", sagte er. „Genau."
„Doch du hältst still, das ist abgemacht!"
„Natürlich halte ich still. Aber ich erfahre auch zuerst, wer der Täter ist ..."
„Versprochen", sagte der Polizist und erhob sich ächzend aus seinem Sessel. Er gab dem Reporter die Hand und lief zur Tür hinaus. Glücklicherweise folgte ihm Tobias' Vater in den Vorraum, so dass die Kinder nach hinten verschwinden konnten. Gerade rechtzeitig, denn noch im Laufen hörten sie Frau Maus fragen: „Na, Manfred, ist den Kindern die Überraschung geglückt?"
„Welche Überraschung?", fragte Tobias' Vater erstaunt. Doch da waren sein Sohn und Silke bereits auf dem Parkplatz und außer Sichtweite.

ERMITTLUNGEN IM FRIEDEHOLZ

„Wer ist Rauheim?“, fragte Silke, als sie und Tobias am Mühlenteich entlang in Richtung ihrer Wohnung gingen. Doch Tobias schüttelte nur den Kopf. „Ich hab den Namen noch nie gelesen oder gehört.“

„Vielleicht sollten wir doch öfters mal Zeitung lesen“, meinte Silke.

„Nee, nach den wichtigen Sachen frage ich lieber meinen Vater. Jeden Tag 40 Seiten durchblättern, dazu hab ich keine Lust.“

„Aber dann wüsstest du vermutlich, wer Rauheim ist.“

„Meinst du?“ Tobias grinste. „Die Zeitungsleser wissen ja auch nicht, dass ein Unbekannter im

Wald Löcher gräbt."
„Aber wir. Und was machen wir mit diesem Wissen?" Silke blickte Tobias forschend an. Als sie sein spitzbübisches Lächeln sah, wusste sie ganz genau, was er dachte: Gleich nach dem Mittagessen würden sie in den Wald fahren und sich die Löcher anschauen.
Aber Tobias schüttelte den Kopf. „Du weißt doch, dass niemand von den Grabungen wissen darf. Deshalb schlage ich vor, dass wir heute zum Freibad fahren und auf dem Weg durchs Friedeholz ganz zufällig auf die Löcher stoßen. Dann kann uns ja wohl niemand vorwerfen, dass wir danach gesucht haben."

Mit dem Fahrrad durch den Forst zu fahren war richtig erholsam. Unter den Bäumen war es viel kühler als in der Stadt. Tobias atmete tief den frischen Duft der Tannennadeln ein, während er geschickt um Kuhlen im Waldweg herumsteuerte.
„Wollen wir zuerst ins Freibad oder zu den Löchern? Und wo ist überhaupt der Fledermausbunker?", fragte Silke.
„Den kenne ich", rief Tobias. „Förster Schumann

hat den Bau mal meinem Vater gezeigt. Es darf aber niemand wissen, dass dort Fledermäuse hausen. Sonst kommen Neugierige und schrecken sie auf."

„Wollen wir da zuerst hin?"

„Na klar. Sonst halte ich die Spannung nicht aus. Außerdem liegt der Fledermausbunker ganz nah am Weg."

Die beiden traten jetzt noch schneller in die Pedale. Das hatte es hier schließlich noch nie gegeben, dass ein echter Schatzsucher am Werk war.

Was, wenn sie nun die Beute aus einem Bankraub finden würden? Dann wären sie steinreich.
„Das dürfen wir sowieso nicht behalten. Das gehört der Bank“, meinte Silke.
„Aber wir bekommen vielleicht eine Belohnung“, hoffte Tobias. „So ‘ne Bank lässt sich doch nicht lumpen, wenn sie einen Millionenschatz wiederbekommt.“
„Millionen? Du spinnst wohl!“ Silke tippte sich an die Stirn. „So viel kannst du bei keinem Banküberfall erbeuten.“
„Ist doch egal. Hauptsache Belohnung!“, rief Tobias. Er bremste scharf ab und sprang vom Fahrrad. „Hier muss es sein.“
Sie schoben ihre Räder zwischen den Bäumen hindurch. Aber nach wenigen Metern kamen sie kaum mehr durch das Unterholz. „Mensch, ist das ein Dickicht“, keuchte Silke, als sie ihre Räder an zwei Stämmen anlehnten.
„Soll es ja auch“, sagte Tobias. „Sonst wäre das hier nichts für die Fledermäuse.“
Nach einem kurzen Fußmarsch gelangten sie zu einem Hügel. Auf der Rückseite sahen sie eine Betonwand, in die eine Stahltür eingelassen war.

„Da kommen die Fledermäuse rein und raus", erklärte Tobias und deutete auf ein kreisrundes Loch in der Tür.
„So klein sind die?", staunte Silke.
„Ja, zumindest einige Arten", sagte Tobias. „Die sind nicht so groß wie die Vampire in Horrorfilmen. Und Menschen fallen sie sowieso nicht an."
Die Kinder wandten sich ab und untersuchten nun genau die Umgebung um den Fledermausbunker. Sie gingen in immer größeren Kreisen um den Bau herum, bis sie endlich auf eine Stelle stießen, wo kaum Laub lag und deutlich zu erkennen war, dass hier jemand gegraben hatte.
„Das geheimnisvolle Loch." Silke pfiff zwischen den Zähnen hindurch.
„Ja, aber das ist auch das einzige Auffällige", sagte Tobias. Er sah sich suchend um und blieb plötzlich wie erstarrt stehen. „Mist", zischte er.
„Was ist?", erkundigte sich Silke hastig. Tobias deutete in Richtung des Fledermausbunkers. Von dort kam sein Vater mit der Kamera in der Hand herbeigestapft und sein Blick verhieß nichts Gutes.

„Was macht ihr hier?“, fragte er mit ärgerlicher Stimme, als er näher herangekommen war.
„Wir sind zufällig hier entlang und da ...“, presste Tobias hervor, doch ihm wurde sofort klar, dass alle Ausreden nichts nützten, weil sie zu unwahrscheinlich klangen.
Sein Vater sah ihn grimmig an. „Jetzt weiß ich auch, warum Frau Maus mich vorhin gefragt hat, ob die Überraschung gelungen sei. Ihr habt euch im Zeitungsbüro versteckt, stimmt's?“
„Na ja, wir wollten doch gerne wissen, was ...“

„... Herr Rudloff nur mir zu sagen hatte." Tobias' Vater schüttelte den Kopf. „Euer Verhalten ist nicht in Ordnung. Wisst ihr eigentlich, wie töricht das ist, hierher zu fahren? Im Nu habt ihr Spuren verwischt, die der Polizei wichtige Hinweise für weitere Ermittlungen geben können."
„Du darfst hier aber eigentlich auch gar nicht herkommen. Du hast es der Polizei versprochen, dass du nichts darüber schreibst."
„Dass ich jetzt nichts darüber schreibe", betonte Tobias' Vater, aber im gleichen Moment huschte ein Lächeln über sein Gesicht. Anscheinend war ihm klar geworden, dass er genau so gehandelt hatte wie sein Sohn. „Vermutlich liegt es an unserer neugierigen Familie", meinte er und klatschte in die Hände. „Habt ihr beiden denn schon was Verdächtiges entdeckt, was der Polizei oder mir weiterhelfen könnte?"
Die Kinder schüttelten den Kopf. „Keine Spur", sagte Silke. „Der Unbekannte hat, wie's aussieht, ganze Arbeit geleistet."
„Na, dann werde ich erst mal nur den Tatort fotografieren. Vielleicht kann ich die Fotos ja brauchen, wenn der Fall gelöst ist." Tobias' Vater

entfernte sich mit der Kamera, nahm das Loch und den flachen Hügel aus aufgeworfener Erde von allen Seiten auf. Anschließend ging er noch einmal mit suchendem Blick die Umgebung ab, doch auch ihm fiel weiter nichts Ungewöhnliches auf.

„Dann lasst uns mal wieder aufbrechen“, sagte er. „Ich muss zurück in die Redaktion und ihr wolltet doch wohl auch nicht den ganzen Tag im Wald herumstromern und die Badehosen trocken lassen.“

„Natürlich nicht“, riefen Silke und Tobias. Als sie bei den Rädern angekommen waren, drückte ihnen Tobias’ Vater ein Zweieurostück in die Hand. „Schweigegeld, das ihr in Eis umtauschen könnt“, sagte er. „Ihr dürft euren Freunden auf keinen Fall etwas von den Löchern verraten.“

„Hätten wir sowieso nicht getan, aber trotzdem vielen Dank für das Eisgeld“, rief Tobias. Im Nu waren sie mit ihren Rädern in Richtung Freibad verschwunden.

DER JUWELENRAUB

„Ihh, schon wieder Oliven“, stöhnte Tobias und schob die Schüssel fast bis zum anderen Ende des Abendbrottisches.
„Nun reg dich mal nicht so auf. Die stinken schließlich nicht und essen musst du sie ja auch nicht“, sagte Vera mit vorwurfsvoller Stimme.
„Außerdem schmecken sie prima“, ergänzte Silke und erntete dafür einen vernichtenden Blick von Tobias. Dass Vera und Silke immer so ‘nen gesunden Kram essen mussten, wollte ihm nicht in den Kopf. Bevor sein Vater Vera kennen gelernt hatte, gab es abends oft Tiefkühlpizza oder Baguettes oder Nudeln mit Tomatensoße. Jetzt kam meistens ein Salat auf den Tisch oder es gab nur

gesunde Kleinigkeiten, wie Tomaten mit Zwiebeln, geraspelte Möhren, Frischkäse auf Vollkornbrot - oder Oliven in Kräutersoße, mit Paprikapaste oder in Knoblauchcreme. Dem Vater schien es jedoch zu schmecken, auch wenn er im Augenblick ziemlich abwesend am Tisch saß und sich gedankenverloren eine Tomate mit Mozzarella-Käse und Basilikum nach der anderen in den Mund schob.

„Was ist los, Manfred?“, erkundigte sich in diesem Moment auch Vera. „Ist in der Redaktion etwas schief gelaufen?“

„Nee, alles in Ordnung. Mir geht nur die Sache mit den Grabungen im Wald nicht aus dem Kopf.“

„Mir auch nicht“, rief Silke. „Wer ist überhaupt dieser Rauhaus oder wie der heißt?“

„Rauheim“, verbesserte Tobias' Vater. „Hättet ihr nicht wenigstens bei diesem Namen weghören können?“

„Nee, da sind wir gerade wieder aufgewacht“, grinste Tobias und hakte nach: „Jetzt wollen wir aber auch wissen, wer Rauheim ist.“

„Ist das nicht dieser Juwelendieb?“, mischte sich Vera ein.

Tobias' Vater nickte. „Das ist fast zehn Jahre her. Ich habe es vorhin in der Redaktion noch mal nachgeschlagen."

„Und was ist da passiert?", fragte Silke neugierig.

„So ganz genau weiß man das nicht", sagte Manfred. „Rauheim und vermutlich ein Komplize haben damals in der Nacht ein Juweliergeschäft ausgeraubt. Sie hatten ein Loch in die Fensterscheibe geschnitten und die wertvollen Auslagen aus dem Laden geräumt. Brillianten, Goldringe, Diamanten-Kettenanhänger, silberne Armreifen ... Allerdings ging die Alarmanlage los, so dass die beiden flüchten mussten. Die Polizei war hinter ihnen her. Auch Rudloff war damals im Einsatz ..."

„Na, dann haben sie die Diebe wohl nicht erwischt", meinte Tobias. „Dem Rudloff laufe ja sogar ich locker weg."

„Täusch dich nicht", sagte Vera. „Damals war Rudloff noch ein gertenschlanker Polizist. Der ist erst später so aufgequollen."

„Aber es stimmt: Die Polizei hat die Täter nicht sofort erwischt", erzählte Manfred. „Doch man hatte einen Verdacht und schließlich konnte

man bei Rauheim einen Diamanten aus der Beute sicherstellen."
„Was? Nur einen Diamanten?", riefen Silke und Tobias gleichzeitig.
„Ja. Rauheim behauptete, dass sein Komplize die Beute an sich genommen hätte und damit geflüchtet wäre."
„Das glaubt doch kein Mensch. Eine plumpe Ausrede", ereiferte sich Silke.
„Das hat ihm damals auch niemand geglaubt", stimmte ihr Manfred zu. „Aber man konnte ihm nicht das Gegenteil beweisen. Der Komplize von

Rauheim blieb verschwunden. Man entdeckte nicht mal eine Spur von ihm."

„Aha, ich verstehe", rief Tobias. „Rauheim hat den Komplizen wahrscheinlich nur erfunden. Er ist mit der Beute geflüchtet und hat sie anschließend im Wald vergraben, bevor er verhaftet wurde. Und jetzt will er sie wieder herausholen, um sie dann zu verkaufen."

„Könnte sein", sagte sein Vater. „Aber bewiesen ist das nicht. Es steht nur fest, dass Rauheim für neun Jahre ins Gefängnis musste und seit fast einem Jahr wieder auf freiem Fuß ist."

„Der lebt doch nicht weit vom Friedeholz", bemerkte Vera und griff nach der Olivenschüssel.

„Genau. Er wohnt dort in einer ehemaligen Holzfällerhütte. Manchmal sieht man ihn draußen herumlaufen. Unrasiert, mit struppigen Haaren, schmuddeliger Kleidung und in Begleitung eines großen Hundes."

„Den Typen kenne ich", rief Silke. „Er sieht wirklich fies aus und hat einen ganz starren Blick, wenn er einen ansieht."

„Eben Rauheim", sagte Tobias' Vater. „Vermutlich ist ihm die Gefangenschaft nicht gut bekommen.

Obwohl er auch früher schon ein wenig merkwürdig war."

„Aber an die Beute kann er sich anscheinend noch gut erinnern", meinte Tobias. „Vielleicht hat er nur den genauen Ort vergessen, an dem er die Klunker vergraben hat."

„Kann sein. Das ist aber nur ein Verdacht", sagte sein Vater. „Erzählt das ja nicht euren Klassenkameraden. Nichts ist schlimmer, als jemanden vorzuverurteilen, der unschuldig ist."

„Dann soll die Polizei doch nachts kontrollieren, wer im Wald herumstromert", schlug Vera vor. „Nur so können sie den Täter finden. Außerdem wäre das sehr praktisch, weil sie dann auch gleich überprüfen könnten, wer in der Dunkelheit Zeitungspakete mopst. In der Nacht von gestern zu heute ist nämlich schon wieder ein Bündel verschwunden."

Tobias und Silke hörten gar nicht mehr richtig zu. Sie hatten beide den gleichen Gedanken und blinzelten sich verschwörerisch zu. „Ich bin satt", sagte Tobias.

„Ich auch", meinte Silke. „Dürfen wir schon aufstehen?"

„Nur, wenn ihr ein paar Sachen mit in die Küche nehmt", verlangte Vera.
„Geht in Ordnung." Tobias griff sich zwei Teller und verschwand. Silke folgte ihm gleich darauf. Als sie bei ihr im Zimmer waren, flüsterte Tobias: „Wir müssen heute Nacht noch aktiv werden."
„Genau das habe ich auch gedacht", sagte Silke und griff nach ihrer Taschenlampe im Regal, um auszuprobieren, ob sie noch funktionierte.

BEGEGNUNG MIT RAUHEIM

Silke wartete in ihrem Bett darauf, dass ihre Mutter endlich im Schlafzimmer verschwand. Tobias und Manfred waren schon über eine Stunde weg, doch ihre Mutter telefonierte und telefonierte. Mit irgendeiner Freundin. Konnte die nicht bald mal aufhören? Silke hatte Angst, dass sie plötzlich einschlief. Was würde Tobias sagen, wenn sie nicht auftauchte?
Es dauerte noch eine ganze Weile, bis die Mutter den Hörer auf die Gabel gelegt hatte, mit Aufräumarbeiten in der Küche fertig war und anschließend vom Flur aus in Silkes Zimmer hineinguckte. Ein Lichtstrahl fiel auf die Wand und Silke tat so, als würde sie sich träumend hin-

und herwälzen. Dann wurde die Tür wieder geschlossen und Silke atmete tief durch. Jetzt noch einige Minuten warten. Schließlich machte sie Licht und zog sich lautlos warme Kleidung an. Wer wusste, wie kühl es in der Nacht werden würde? Und wer wusste, wann sie wieder nach Hause kamen? Bei dem Gedanken daran schauderte Silke. So ganz wohl war ihr nicht zu Mute, wenn sie sich vorstellte, dass sie gleich im Wald auf Rauheim treffen könnten. Aber glücklicherweise war Tobias ja dabei. Zu zweit war es sicherer.

Vorsichtig öffnete Silke ihr Fenster und kletterte in den Garten. Die Schuppentür war nicht verschlossen, so dass sie unbemerkt ihr Fahrrad herausschieben konnte. Dann fuhr sie zu Tobias. Sie warf einen kleinen Erdklumpen an seine Scheibe. Kurz darauf bewegte sich oben der Vorhang. Tobias schlüpfte wenig später durch die Haustür, griff nach dem Fahrrad, das dort angelehnt stand, und los ging die Fahrt. Sie radelten schweigsam durch die dunklen Straßen. Hoffentlich begegnete ihnen niemand. Zwei Kinder, die um Mitternacht mit dem Fahrrad unterwegs

waren, kamen sicherlich jedem verdächtig vor. Doch alles ging gut. Sie konnten unbemerkt auf den Waldweg ins Friedeholz einbiegen.
„Ist das unheimlich“, flüsterte Silke Tobias zu.
Der nickte, ohne ein Wort zu sagen.
Im Licht des Mondes sahen die Bäume wie lange, dürre Gestalten aus, die nach ihnen greifen wollten. Jedes Mal wenn Silke ein Zweig am Arm oder im Gesicht streifte, fuhr sie erschrocken zusammen.
Tobias ging es nicht anders, aber er ließ es sich nicht so deutlich anmerken. „Hier müssen wir die

Räder stehen lassen“, sagte er plötzlich und stoppte ab. Sie waren ungefähr an der Stelle, wo sie am Nachmittag den Waldweg verlassen hatten. Auch jetzt liefen sie zu Fuß weiter und spähten in die Dunkelheit.

„Gleich sind wir beim Fledermausbunker“, flüsterte Tobias. Auf einmal raste ein dunkler Schatten an ihnen vorbei.

„Iih!“, entfuhr es Silke vor Furcht.

„Mensch, sei still!“, herrschte Tobias sie nervös an. „Bloß eine Fledermaus.“

„Das ist mir so rausgerutscht“, flüsterte Silke.

Noch vorsichtiger schlichen die beiden weiter. Sie kamen zu der Stelle, wo in den Nächten zuvor gegraben worden war. Dann - plötzlich - bemerkten die beiden fast gleichzeitig einen Lichtschein.

„Los! Runter!“, zischte Tobias und riss Silke mit sich. Atemlos sahen die beiden, wie eine Gestalt in einiger Entfernung an ihnen vorbeilief. Zu dumm, dass sie nicht erkennen konnten, wer das war. Aber die Gestalt schien ziemlich groß zu sein. Bestimmt war es ein Mann.

„Hörst du das?“, wisperte Silke. Tobias nickte. Sie konnten ganz leise eine Art Pfeifton vernehmen,

der mal höher klang und dann plötzlich abbrach. Es knackte im Unterholz. Und mit einem Mal bewegte sich die Gestalt mit großen Schritten auf die Kinder zu.
„Der hat uns entdeckt!“, zischte Tobias und sprang auf. Auch Silke war gleich auf den Beinen. Sie rannten wie die Besessenen los. Schneller! Schneller! War der Mann hinter ihnen? Sie mochten sich gar nicht umsehen! Weiter! Weiter! Tobias setzte zu einem Sprung über eine Bodenmulde an. Doch plötzlich knickte sein Bein weg! Er schlug lang hin, krümmte sich jammernd auf der Erde.
„Los komm!“, rief Silke. „Reiß dich zusammen! Wir müssen weiter!“ Doch Tobias achtete gar nicht auf sie. Er hatte die Arme um sein Bein geschlungen und wimmerte vor Schmerzen. So ein Mist! Silke sah sich keuchend um. Wurden sie noch verfolgt? Alles war ruhig. Gott sei Dank! Sofort beugte sie sich zu Tobias herunter und strich ihm über das Gesicht. „Was hast du? Kann ich dir helfen?“
Ihr Freund schüttelte den Kopf und biss die Zähne aufeinander. „Wird langsam besser“, presste er hervor, aber das sagte er wahrscheinlich nur, um

Silke zu beruhigen. Sie flüsterte ihm zu: „Es ist jedenfalls niemand hinter uns her. Wir können uns Zeit lassen."
„Ich will nach Hause", wimmerte Tobias. Er stand mühsam auf und versuchte sein Bein zu strecken. „Au, tut das weh!"
„Scheint aber nicht gebrochen zu sein, wenn du es noch bewegen kannst", sagte Silke.
„Na, vielen Dank. Mir reicht's schon, wenn es verstaucht ist." Tobias versuchte, auf Silke gestützt, ein paar Schritte zu gehen. Immerhin kamen sie so voran. „Bis ich zu Hause bin, ist mein Knie dick wie ein Ballon", jammerte Tobias.
„Lass uns erst mal nach Hause kommen", sagte Silke. Nach einer Zeit, die ihnen ewig lang erschien, erreichten sie die Fahrräder. Doch gerade, als Tobias versuchen wollte, ob er mit geschwollenem Knie in die Pedale treten konnte, hörte er hinter sich wildes Gebell und dann sprang schon ein riesiger Hund an ihm hoch, riss ihn fast um.
„Was wollt ihr hier!", herrschte sie eine tiefe Stimme an.
„Wir ...wir ...waren ...nur ..." Tobias fiel so schnell keine Ausrede ein, so überrascht war er.

Außerdem konnte er vor Schmerzen ohnehin noch gar nicht wieder richtig reden. Silke sah ebenfalls nur entsetzt auf die Gestalt, die aus der Dunkelheit trat und den Hund an einer Leine führte. Der Mann hatte struppige Haare, sein Blick war starr auf die Kinder gerichtet: Rauheim. „Ihr habt hier nichts zu suchen“, grunzte Rauheim und beugte sich zu Tobias herunter. „Bist du nicht der Kleine von diesem Zeitungsreporter? Von diesem Ekelkerl, der mir damals kein Wort glauben wollte. Der mich praktisch in

den Knast geschrieben hat."
„Der ...der ...bin ...ich ...nicht", wimmerte Tobias.
„Hahaha, klar, ich habe dich doch schon oft mit diesem Reporter gesehen." Rauheim lachte heiser. „Und jetzt stromerst du kleiner Wurm hier herum."
„Wir wollten gerade weg", sagte Silke vorsichtig.
„Das will ich wohl meinen." Rauheim kratzte sich mit seinen Pranken hinter dem Ohr. „Möchte nur wissen, was ihr hier überhaupt gesucht habt."
Am liebsten hätte Tobias gebrüllt: „Was hast du denn hier zu suchen?", aber er biss sich lieber auf die Lippen. Wer wusste, wozu dieser Rauheim im Stande war. Und mit dem Hund war bestimmt auch nicht zu spaßen.
„Was wolltet ihr hier!", bellte der Mann vor ihm noch einmal, dann lachte er wieder ein heiseres Lachen, das in Krächzen überging. Er fasste sich an die Brust, sein Körper wand sich. Rauheim hustete, spuckte aus, klopfte sich mit seinen riesigen Fäusten auf den Brustkorb. „Möchte wissen, was ...", versuchte er noch einmal und wurde gleich wieder von einem Hustenanfall geschüttelt.
„Lass uns abhauen", zischte Silke und war sofort

auf ihrem Fahrrad. Auch Tobias gelang es, sein schmerzendes Bein über den Sattel zu schwingen. Mit zusammengebissenen Zähnen trat er in die Pedale, kam allmählich in Fahrt. Noch einmal blickte er sich um. Rauheim hustete noch immer. Sein Hund zerrte an der Leine, doch er kam nicht frei. Und dann bogen Silke und Tobias um die Ecke, gelangten zur Bundesstraße. Endlich! Sie hatten es geschafft.

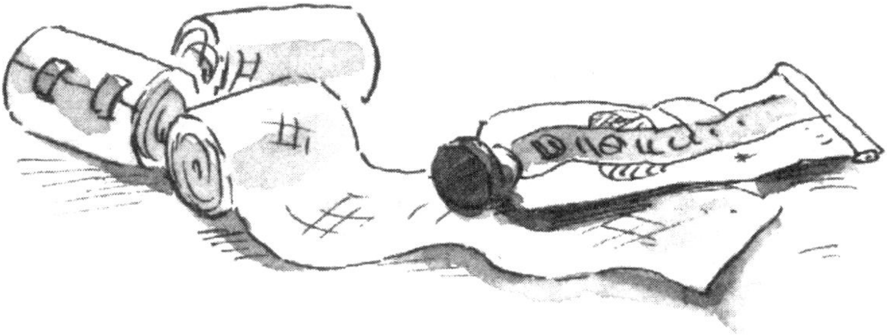

NACHFORSCHUNGEN BEI DER ZEITUNG

Am nächsten Tag wachte Tobias auf, weil ihn ein Sonnenstrahl durch den Vorhangspalt blendete. Überrascht sah er auf seinen Wecker. 11 Uhr! Unglaublich! Höchste Zeit aufzustehen. Er wollte sich aus dem Bett schwingen, da durchfuhr ihn ein heftiger Schmerz, und sofort war die Erinnerung an die vergangene Nacht wieder da. Sein Bein!
Nur mit größter Mühe war er mit dem Fahrrad nach Hause gekommen. Gut, dass Silke dabei gewesen war. Sie hatte ihn den ganzen Weg begleitet, und wenn er es ihr nicht verboten hätte, dann wäre sie sogar noch bis zu seinem Zimmer mit hochgekommen.
„Es geht schon“, hatte er mit zusammengebis-

senen Zähnen gestöhnt und die Tür hinter sich zugezogen. Die Treppe hinaufzukommen war dann besonders schlimm. Er durfte ja keinen Lärm machen, sonst hätte es mordsmäßigen Ärger mit seinem Vater gegeben.
Als er oben im Schlafzimmer ankam, war er schweißgebadet. Und an Schlafen war überhaupt nicht zu denken. Immer wieder ging ihm die Begegnung im Friedeholz durch den Kopf. Ständig bleckte der Hund seine Zähne, Rauheim hustete, krächzte, schrie und drohte mit der Faust.
Immerhin wussten Silke und er jetzt, dass es Rauheim war, der in der Nacht im Wald grub. Nur leider hatten sie keine Beweise dafür. Und wenn sie der Polizei erzählen würden, dass sie Rauheim nachts beobachtet hatten, dann würde der Vater auch davon erfahren. Diesen Ärger wollte sich Tobias lieber nicht ausmalen.
Vorsichtig hob er sein Bein aus dem Bett. Das Knie war dick geschwollen und hatte sich bläulich verfärbt. Aber er konnte das Gelenk unter Schmerzen bewegen. Nur eine Verstauchung. Tobias überlegte. Im Badezimmer musste noch die Sportsalbe liegen, die sein Vater vor kurzem

für seinen verknacksten Finger benutzt hatte.
Mit kleinen Schritten und durchgestrecktem Bein humpelte er ins Bad und öffnete den Medikamentenschrank. Da war die Salbe! Und auch Verbandsstoff. Tobias setzte sich auf den Toilettendeckel, schraubte die Salbentube auf und ließ eine weiße Schlange auf sein Bein gleiten. Da klingelte es. So ein Mist! Wer konnte das sein? Der Postbote? Aber der kam meistens erst mittags. Dann war es wahrscheinlich Silke ...
Tobias verteilte die Salbe schnell auf seinem Knie und humpelte zur Tür. Ja, es war seine Freundin.
„Au Backe!“, stieß sie aus, als sie die Schwellung am Bein sah.
„Halb so schlimm.“ Tobias versuchte ein Lächeln.
„Doch, ziemlich schlimm“, entgegnete Silke. „Los, ab mit dir ins Badezimmer. Ich massier dir die Salbe ein und leg dir einen Verband um.“
„Zu Befehl“, rief Tobias. Wozu brauchte er noch eine Mutter, wenn er Silke hatte, die ihn herumkommandierte?
Kurze Zeit später saßen die beiden am Frühstückstisch und unterhielten sich. Auch Silke hatte nicht gut geschlafen, weil ihr die Erlebnisse

im Wald immer wieder durch den Kopf gegangen waren.
„Das Problem ist, dass wir nicht zur Polizei gehen dürfen. Das gibt sonst Ärger mit den Eltern“, sagte Tobias.
„Wir könnten Rudloff einen anonymen Brief schreiben“, meinte Silke. „Vielleicht genügt es ja schon, wenn er den Hinweis bekommt. Er muss dann nur zu Rauheim hingehen und ihn verhören.“
„Schön wäre es“, sagte Tobias. „Rauheim ist wohl kaum so blöd, alles zuzugeben. Rudloff hat

schließlich keine Beweise. Und die Juwelen wird Rauheim diesmal mit Sicherheit nicht zu Hause bunkern. Der ist doch nicht blöd."
„Vielleicht hat die Polizei in der vergangenen Nacht ja auch was unternommen." Silke beschmierte sich eine weitere Toastscheibe mit Nuss-Nugat-Creme. „Vielleicht haben die den Fall sogar schon gelöst."
„Das wäre natürlich ein Knaller", stimmte Tobias zu. „Am besten gehen wir gleich in die Redaktion und warten, bis Rudloff da auftaucht."
„Und was sollen wir deinem Vater sagen?"
„Dass wir in den alten Zeitungsbänden lesen wollen, wo die Sache über Rauheim drinsteht."
„Gute Idee." Silke legte ihr Brot beiseite, stapelte die Frühstücksbretter übereinander und stellte die Becher in die Spüle. „Dann lass uns loslaufen. Ich kann auch im Gehen essen."

„Hoffentlich merkt Papa nicht, dass ich ein dickes Knie habe", murmelte Tobias, als sie am Polizeigebäude in der Waldstraße vorbei in Richtung Hauptstraße gingen.
„Und wenn er's merkt, ist's auch nicht schlimm",

sagte Silke. „Jetzt kannst du ihm erzählen, dass du gestolpert und mit dem Knie gegen den Tisch oder gegen das Bett gestoßen bist."
„Bin mal gespannt, ob er mir das glaubt." Tobias stieß die Tür zur Redaktion auf und ging direkt zu seinem Vater durch. Der blickte auf und lächelte: „Na, ihr Nachwuchs-Detektive. Wonach sucht ihr denn gerade?"
„Nach alten Zeitungsbänden, in denen was von Rauheim steht."
„Aha, dahin gehen also eure Ermittlungen."
„Ja, wir wollen gern wissen, was das für Juwelen sind, nach denen er im Wald sucht."
„Halt! Stopp! Noch weiß niemand, ob es Rauheim ist, der die Löcher gegraben hat. Im Zweifel gilt: Immer für den Angeklagten."
„Wir haben keine Zweifel mehr", flüsterte Tobias Silke zu. Und laut fragte er: „Dürfen wir uns die alten Bände mal angucken?"
„Wenn ihr sie nicht durcheinanderbringt." Tobias' Vater sah erstaunt auf seinen Sohn. „Wieso humpelst du denn plötzlich?"
„Kleiner Betriebsunfall", erklärte Tobias und berichtete über ein Malheur, das ihm nach dem

Aufstehen widerfahren war. Silke hatte sich in der Zwischenzeit die Bände geschnappt, in denen Tobias' Vater gestern schon geblättert hatte. Der Fall hatte es sogar einmal bis auf die Titelseite der Zeitung gebracht: „Juwelendieb gefasst!“ stand dort in fetten Lettern. Und auf dem Foto war ein Mann abgebildet, der unzweifelhaft Rauheim war. Auch damals hatte er schon diesen starren Blick.

Silke lief es kalt den Rücken herunter, als sie an die Begegnung in der vergangenen Nacht dachte. Gut, dass Rauheim wenigstens seinen Hund nicht hatte laufen lassen. Die Bestie hätte sie wahrscheinlich mit Haut und Haaren verspeist und dann wäre das Rätsel um die Grabungen im Wald nie gelöst worden.

Auch Tobias blätterte jetzt in den Bänden. Nach kurzer Zeit zeigte er auf ein Foto, auf dem einige Armreifen, mit Diamanten bestückte Ketten und goldene Armbanduhren abgebildet waren. Auch ein mit Brillianten besetzter Haarreifen war unter der Beute von Rauheim gewesen.

„Alles spurlos verschwunden“, sagte Manfred. „Rauheim hat immer wieder behauptet, dass der

Komplize damit geflüchtet sei. Aber es gab nicht einmal einen Fingerabdruck von einem zweiten Täter."

„Ist doch schlau gewesen, sich solch eine Geschichte auszudenken, wenn ihm niemand das Gegenteil beweisen kann", meinte Silke.

„Ja, das würde man Rauheim gar nicht zutrauen, dass er so gerissen ist", sagte Manfred. „Soweit ich weiß, kann der gute Mann nicht lesen und kaum schreiben. Dafür hat er unheimlich viel kriminelle Energie."

„Vielleicht war er es ja auch gar nicht", versuchte

Tobias abzulenken. Er hatte Angst, dass sie sich noch verrieten und der Vater herausbekam, dass sie in der vergangenen Nacht im Wald gewesen waren.
Doch jemand anders lenkte den Vater noch weitaus mehr ab als Tobias: Soeben kam Rudloff in die Redaktion spaziert.
„Hallo, Kinder!“, rief er fröhlich. „Greift ihr Manfred ein wenig unter die Arme, damit er die Zeitung voll bekommt?“
„Im Gegenteil“, antwortete Tobias’ Vater. „Die Gören halten einen eher von der Arbeit ab.“
„Na, dann will ich es kurz machen“, sagte Rudloff und sein Gesicht verfinsterte sich. „Vergangene Nacht ...“
„Nicht jetzt“, fuhr ihm Manfred dazwischen. „Die Kinder ...“
„Ach was, da mach dir mal keine Sorgen. Die kennen doch die Vorgeschichte nicht“, flüsterte Rudloff. „Also, wir haben wieder eine Grabung entdeckt. In der Nähe des Schlatts wurde auf einem Hügel gebuddelt. Wir haben einen Fußabdruck gefunden. Größe 46, schwere Stiefel. Der Täter scheint ziemlich groß und schwer-

gewichtig zu sein. Und eins sag ich dir jetzt: Heute Nacht werde ich unseren Freund mal genauer unter die Lupe nehmen. Da kannst du Gift drauf nehmen.“

„Lieber nicht. Ich wollte doch noch in den Urlaub“, sagte Tobias’ Vater und schielte verzweifelt zu den Kindern hin. Doch die waren nicht mehr da. Unbemerkt waren sie nach hinten zur Tür hinaus.

EIN SELTSAMER FUND

„Es geht doch nichts über einen gesprächigen Polizisten“, jubelte Silke, als sie die Hauptstraße entlangliefen. „Jetzt wissen wir, dass Rauheim wirklich dahinter steckt.“

„Stimmt, aber merkwürdig ist es trotzdem“, murmelte Tobias, der Schwierigkeiten hatte, bei Silkes Tempo mitzuhalten.

„Was ist daran merkwürdig? Wir müssen jetzt eigentlich nur noch feststellen, welche Schuhgröße Rauheim hat.“

„Und wir müssen herausfinden, wie er so schnell zum Schlatt gekommen ist“, sagte Tobias. „Das ist nämlich bestimmt vier Kilometer von dem Ort entfernt, wo wir ihn beobachtet haben.“

„Na und?“ Silke ließ sich nicht von ihrer Idee abbringen. „Ein Kerl wie Rauheim läuft solche Strecken doch in kürzester Zeit ab. Wir haben ihn gegen Mitternacht getroffen. Vielleicht hat er zwei oder drei Stunden später am Schlatt gegraben.“

„Für einen guten Plan, wo er graben will, spricht das aber nicht“, wandte Tobias ein.

„So schlau scheint der Typ ja auch nicht zu sein“, sagte Silke. „Wenn der nicht mal lesen kann, dann ist er bestimmt nicht so toll beim Pläneschmieden.“ Sie klopfte Tobias auf die Schulter. „Weißt du was? Wir machen uns jetzt bei mir Nudeln mit Tomatensoße und dann fahren wir zum Schlatt. Vielleicht entdecken wir ja den Schuhabdruck, von dem Rudloff erzählt hat.“

Das Schlatt lag inmitten eines Naturschutzgebietes. Auf den dortigen Wegen durften nur Forstfahrzeuge fahren, Spaziergänger sollten die Fußwege nicht verlassen. Daran konnten sich die Kinder in diesem speziellen Fall ausnahmsweise nicht halten. Wie sollten sie sonst die neuen Grabungen finden?

Vorsichtig und nur flüsternd liefen sie zwischen den Baumstämmen hindurch und kamen schließlich zum Schlatt. Es war ein kleiner Tümpel, an dessen Uferzone Schilf wuchs. Auf dem Wasser schnatterten Enten, und als Silke und Tobias an den Rand des Teiches traten, sprangen wie auf Kommando einige Frösche in Sicherheit.
„Jetzt wird es schwierig“, sagte Tobias. „Am besten laufen wir getrennte Wege, damit wir die Grabungsstelle schneller finden.“ Silke nickte und machte sich auf die Suche. Den Blick auf den Boden geheftet lief sie in den Wald hinein. Rudloff hatte von einem Hügel gesprochen, auf dem gegraben wurde. Aber weit und breit konnte sie keinen Hügel erkennen, der in irgendeiner Weise auffällig aussah. Plötzlich hörte sie Tobias rufen: „Ich hab's gefunden!“
Im Nu war Silke bei ihm. Tatsächlich, dort war ein Hügel und auf der Kuppe lag aufgeworfene Erde. Ganz deutlich sah man auch die Fußabdrücke.
„Anscheinend ahnt Rauheim gar nicht, dass die Polizei hinter ihm her ist“, sagte Silke und hockte sich neben Tobias auf den Boden. Der hatte schon einen Notizblock gezückt und zeichnete das

Muster des Schuhabdrucks ab. „Wahrscheinlich. Aber dass wir ihm nachspionieren, müsste er spätestens wissen, seitdem wir ihn gestern Nacht im Wald getroffen haben."

„Darüber lacht Rauheim doch nur", sagte Silke. „Zwei Kinder, die ihn verfolgen. Davor hat ein Verbrecher doch keine Angst."

„Der wird sich wundern", meinte Tobias. Er schritt den Hügel ab und kontrollierte den umliegenden Boden. Plötzlich stieß er einen spitzen Schrei aus und bückte sich. „Guck mal, was ich hier gefunden habe", jubelte er und lief zu Silke.

„Was ist das denn?“ Sie sah sich neugierig das Ding in Tobias’ Hand an. Der Gegenstand hatte die Form eines Armreifs. In die Oberfläche waren pflanzenartige Ranken eingraviert. „Auf jeden Fall ist er aus Metall, auch wenn ich nicht weiß, aus welchem“, sagte Silke.

„Könnte ein Schmuckstück sein“, ergänzte Tobias. „Wenn man es poliert, sieht es vielleicht sogar richtig gut aus.“

„Und falls es ein Teil der Juwelenbeute ist?“ Silke war ganz aufgeregt. Ihre Wangen waren gerötet und ihre Hand zitterte leicht.

„Wenn es von der Beute ist, dann sind wir auf einer ganz heißen Spur“, sagte Tobias. „Oder auch nicht. Dann hat der Dieb wahrscheinlich sämtliche Schmuckstücke eingesackt und ist damit über alle Berge.“

„Vielleicht“, meinte Tobias. „Vielleicht sollten wir Rudloff den Armreif zeigen.“

„Wieso? Der will sich doch heute Abend auch auf die Suche nach dem unbekannten Waldgräber machen. Soll er selbst sehen, dass er was findet“, sagte Silke. „Und wir spionieren ein wenig bei Rauheim herum. Das wäre doch super, wenn wir demnächst beweisen könnten, dass er die Beute ausgegraben hat. Vielleicht finden wir ja sogar heraus, wo er sie versteckt."

Bei dieser Vorstellung leuchteten auch Tobias' Augen. Dennoch war er sich nicht sicher, ob es richtig war, ihren Fund zu verschweigen. „Meinst du nicht, dass wir den Armreif abgeben müssen?"

„Natürlich müssen wir den abgeben", rief Silke. „So was darfst du nicht behalten. Aber wir wollen ihn ja auch nur kurz verwahren, damit wir einen Beweis haben. Das ist doch wohl nicht verboten."

Dieser Gedanke beruhigte Tobias ein wenig. Es reichte schließlich, wenn sie in zwei oder drei Tagen zur Polizei gingen. Sie würden schon aufpassen, dass mit dem Armreif nichts passierte. Und immerhin hatte Rudloff den Hügel am Schlatt bereits heute Morgen untersucht und nichts gefunden.

Silke hatte währenddessen das Schatzfieber erfasst. Sie kroch forschend über den Boden, bis sie jeden Fleck des Hügels abgesucht hatte. Erfolglos. „Hier ist nichts mehr", murmelte sie enttäuscht und richtete sich auf.

„Sei doch froh, dass wir überhaupt etwas gefun-

den haben“, entgegnete Tobias, dann stutzte er. „Weißt du, was ich gerade sehe?“
„Spielst du jetzt ‚Ich sehe was, was du nicht siehst‘?“, fragte Silke.
„Genau. Und es stinkt.“ Tobias deutete auf den Boden. „Wenn mich nicht alles täuscht, ist das ein Haufen Hundeschiete. Noch ein Beweis dafür, dass Rauheim mit seinem Köter hier war.“
„Wollen wir die Wurst auch mitnehmen?“, fragte Silke und lachte.
„Klar, die kannst du in deine Hosentasche packen.“ Tobias tat so, als wollte er den Hundehaufen in die Hand nehmen, doch als Silke entsetzt aufschrie, schob er das Beweisstück lieber mit einem Stock hinter einen Baum. „Vielleicht brauchen wir den Klumpen noch“, sagte er. „Man weiß ja nie.“
Zufrieden fuhren die beiden Detektive nach Hause. Es war abgemacht, dass sie mit ihren Eltern gemeinsam Abendbrot essen sollten. Mittlerweile mussten sie sich schon gehörig beeilen, damit sie noch pünktlich ankamen. Erst als sie in den Wohnraum traten, merkten die beiden, dass ihre Hosen vom Waldboden verdreckt waren

und auch Hände und Schuhe nicht viel besser aussahen.
„Wo kommt ihr denn jetzt her?", rief Vera entsetzt.
„Das kann ich mir schon denken", grummelte Manfred und in seinem Mundwinkel zuckte es. „Ihr wart im Wald, stimmt's? Ihr seid beim Schlatt herumgelaufen!"
Die Kinder nickten. Es hatte ja doch keinen Sinn zu lügen. „Wir haben dort aber nur geguckt", sagte Tobias. „Und dann sind wir wieder zurückgefahren."
„Wenn man eure Hosen sieht, würde ich aber mehr darauf tippen, dass ihr auf dem Waldboden herumgerobbt seid", meinte Vera. „Seht zu, dass ihr die Drecksklamotten sofort auszieht. So kommt ihr hier nicht an den Tisch."
„Das ist ja nochmal gut gegangen", atmete Silke erleichtert auf, als sie aus dem Zimmer waren.
„Da kennst du meinen Vater aber schlecht", stöhnte Tobias. „Der lässt nicht so leicht locker. Schließlich ist er Journalist."
Wie von Tobias erwartet, mussten sich die beiden noch einiges am Abendbrottisch anhören. „Ihr

geht jetzt nicht mehr in den Wald und pfuscht der Polizei ins Handwerk", verlangte Manfred. „Seid ihr völlig übergeschnappt? Da draußen läuft vielleicht ein Krimineller herum, und wenn der merkt, dass ihr ihm nachspioniert, kann wer weiß was passieren."

„Aber der ist doch nur nachts unterwegs", versuchte sich Tobias zu verteidigen.

„Das kannst du doch gar nicht wissen", sagte sein Vater. „Ich möchte nicht, dass ihr in Gefahr geratet, ob am Tage oder in der Nacht, verstanden! Geht lieber ins Schwimmbad, bis der Fall gelöst ist. Auf dem Waldboden herumzukriechen ist doch wirklich nicht so spannend, dass man das jeden Tag machen muss, oder?"

„Und wenn ihr unbedingt Detektiv spielen wollt, dann kümmert euch mal um meine Zeitungspakete", sagte Vera. „In der Nacht zu heute sind nämlich schon wieder welche verschwunden. Wir haben sogar eine Belohnung für denjenigen ausgesetzt, der uns bei der Aufklärung des Falles hilft."

„Eine Belohnung?" Tobias und Silke wurden sofort hellhörig. Ein paar verschwundene

Zeitungen zu finden konnte schließlich nicht so schwer sein. Warum nicht danach suchen, solange sie sowieso nicht in den Wald durften?

WER HAT DIE ZEITUNGEN GESTOHLEN?

In der Nacht und am frühen Morgen hatte es geregnet. Tobias und Silke machten sich erst auf den Weg, als die Sonne wieder hinter den Wolken hervorkam. Sie gingen in Richtung Waldstadion, denn Vera hatte ihnen noch gestern Abend erklärt, an welchem Ablageplatz die Zeitungen deponiert worden waren. „Gleich neben der Bushaltestelle haben die Pakete gelegen. Von dort sind sie spurlos verschwunden, so dass viele Leute keine Zeitung bekommen haben."
„Wer ist nur so blöd und mopst haufenweise Zeitungen, in denen sowieso immer das Gleiche steht?", fragte Silke, als sie die Straßen entlangliefen. „Es reicht doch, wenn man ein einziges

Exemplar hat."
„Vielleicht hat der Dieb angenommen, dass in mehreren Zeitungen auch mehr drinsteht."
Tobias musste bei dieser Vorstellung lachen. Denn so dämlich, das zu glauben, war bestimmt niemand.
Sie liefen am Schrottplatz vorbei und schlugen den Weg zum Waldstadion ein. Als sie bei der Bushaltestelle ankamen, war von Zeitungen nichts zu sehen. Natürlich. Schließlich wurden sie bereits am frühen Morgen verteilt - oder auch heute wieder gestohlen?
„Wenn du der Dieb wärst, was würdest du mit den Zeitungen machen?", fragte Silke und suchte mit den Augen die nähere Umgebung ab.
„Ich würde sie im See versenken oder im Wald ablegen", antwortete Tobias. „Aber das ist natürlich verrückt, wenn jemand die Zeitungen klaut, um sie dann wegzuwerfen."
„Stimmt", sagte Silke. „Vielleicht hat der Austräger ja nur keine Lust gehabt, die Zeitungen zu verteilen, und sie einfach versteckt. Zum Beispiel in einem Altpapiercontainer. Oder im Wald ... Wo wir schon hier sind, schau ich auf jeden Fall

mal nach."
Tobias fand die Idee seiner Freundin zwar nicht sonderlich überzeugend, aber weil ihm nichts Besseres einfiel, trabte er neben ihr her. Und dann kam ihm ein interessanter Einfall: Ganz in der Nähe, am Waldrand, wohnte doch Rauheim! Könnte der nicht die Zeitungen geklaut haben?
„Der braucht so was vielleicht für seinen Ofen", vermutete er.
„Dafür ist Zeitungspapier nicht geeignet, weil es viel zu schnell wegbrennt. Höchstens zum Anheizen geht das", entgegnete Silke. Aber der Gedanke, dass Rauheim hier lebte, ließ ihr Herz heftig pochen. „Wir dürfen zwar nicht in den Wald", sagte sie. „Doch wir dürfen bis zum Waldrand. Und dort können wir uns unauffällig an sein Haus anschleichen und gucken, ob bei dem Ganoven alles in Ordnung ist."
Nachdem sie sich versichert hatten, dass die Luft rein war, näherten sich die beiden vorsichtig dem Grundstück, auf dem Rauheim wohnte. Die kleine Hütte lag hinter einer Buchenhecke und Holunderbüschen verborgen. Durch die Zweige sahen die Kinder das windschiefe Häuschen. Die Fens-

terläden waren verwittert, auf dem Dach fehlten Ziegel und im Garten türmte sich altes, schwarz verfärbtes und vom Regen durchweichtes Laub. Niemand war zu sehen.

„Sieht aus wie eine Hexenhütte", flüsterte Tobias.

Silke nickte. „Siehst du irgendwo Zeitungspapier?"

„Nee." Tobias bog vorsichtig mit den Händen die Zweige auseinander. Doch weder im Garten noch an der Schuppenwand konnte er irgendetwas Verdächtiges entdecken. Da knurrte mit einem Mal ein Hund hinter ihnen. Tobias und Silke

fuhren herum, ihre Gesichter waren schreckerfüllt. Rauheim mit seiner Bestie!
„Was wollt ihr hier!“, brüllte er mit starr auf sie gerichteten Augen. „Spioniert ihr mir nach? Elendes Kinderpack!“
„Wir wollten nur ...“, begann Silke, doch als der Hund seine Zähne fletschte, verstummte sie.
Rauheim riss sein Tier mit der Leine zurück. „Was wolltet ihr?“
„Wir gehen hier spazieren“, rief Tobias mutig. „Wir sind im Auftrag des Generalanzeigers unterwegs.“
„Ach was!“ Rauheim spuckte aus.
„Doch, Herr Rauheim“, sagte Tobias jetzt mit fester Stimme. „Haben Sie nicht zufällig ein paar Zeitungspakete hier herumliegen sehen?“
„Zeitungen? Solch einen Mist lese ich nicht.“
„Sie würden sie wahrscheinlich stattdessen in den Teich werfen, was?“, rief Silke. „Oder irgendwo im Wald abladen?“
„Willst mir wohl Löcher in den Bauch fragen?“ Rauheim lachte verächtlich. „Das würde dir so passen, du Göre.“ Seine Stimme wurde härter: „Verschwindet und lasst euch hier nicht mehr

blicken. Sonst könnte es sein, dass mein Hund Gefallen an euren Hosen findet!"
„Ist ja schon gut ..." Tobias und Silke liefen in Richtung Waldstadion, bis sie sich einigermaßen sicher fühlten. Dort stoppte Tobias ab. Sein Bein schmerzte jetzt wieder stärker, doch er biss sich auf die Lippe. Vorsichtig sah er sich um. „Der Typ ist weg", sagte er erleichtert.
„Ob der wirklich seinen Hund losgelassen hätte?", fragte Silke.
„Nee, glaub ich nicht", meinte Tobias. „Dann hätte er ganz schön Ärger bekommen."
„Den bekommt er sowieso", sagte Silke und in ihren Augen funkelte es. „Der Kerl hat doch bestimmt was mit dem Verschwinden der Zeitungen zu tun."
Tobias schüttelte den Kopf. „Du hast keinen Beweis, dass er es wirklich getan hat. Aber ich habe eine Idee." Er humpelte zu Silkes Entsetzen zurück in die Richtung, aus der sie gerade eben gekommen waren: zu Rauheims Grundstück.
„Was willst du denn noch? Willst du dich zerfleischen lassen?", stöhnte Silke.
„Beweise sicherstellen!", rief Tobias und ließ sich

nicht aufhalten. Ihm war zwar auch nicht ganz wohl zu Mute bei dem Gedanken, dass Rauheim mit dem Hund wieder auftauchen könnte. Aber ein Detektiv durfte keine Angst haben, wenn es darum ging, wichtige Spuren zu verfolgen.
Da! Rauheims Schuhabdrücke! Tobias zog seinen Block aus der Hosentasche und verglich die Spuren mit seinen Aufzeichnungen. Exakt die gleichen. Also war Rauheim gestern am Schlatt gewesen. Er wollte seine Beute ausgraben! Der Beweis war erdrückend!

Tobias humpelte zu Silke zurück. Er keuchte vor Aufregung und wollte nun so schnell wie möglich fort von hier. Wer wusste, ob Rauheim ihn nicht unauffällig beobachtet hatte und gleich seine Bestie auf sie hetzte!

„Wir müssen jetzt nur noch zur Polizei gehen und Rudloff die Beweise vorlegen", sagte Silke. Sie saßen bei Tobias in der Küche und aßen zur Belohnung für das Bestehen ihres gefährlichen Unterfangens eine extra große Portion Eis.

„Ich weiß nicht, ob uns Rudloff die Sache abnimmt", zweifelte Tobias. „Der glaubt doch Kindern nicht. Und schon gar nicht, wenn er zugeben muss, dass er bei seiner Spurensuche nicht vorangekommen ist, während wir schon den Täter kennen."

„Dann lass uns zu deinem Vater gehen", sagte Silke. „Wenn der uns glaubt, kann er Rudloff ja alles erzählen."

„Wäre eine Möglichkeit", meinte Tobias und schob sich den letzten Löffel Eis in den Mund. „Die Sache hat nur einen Haken: Wir wissen nicht genau, ob dieser Armreif aus dem Wald wirklich etwas wert ist. Vielleicht hat ihn nur jemand

verloren oder weggeworfen.“
„Stimmt, wir müssen herausbekommen, ob es sich um ein Beutestück aus dem Juwelenraub handelt. Erst dann wissen wir, dass Rauheim seinen Schatz ausgegraben hat“, sagte Silke. „Lass uns doch zu Schrotti gehen. Der weiß bestimmt, ob das Teil etwas wert ist.“
Wenig später waren die beiden Detektive zum Schrottplatz unterwegs. Das Tor stand offen, doch von Schrotti war nichts zu sehen.
„Merkwürdig“, meinte Tobias. „Da kann ja jeder Sachen abschleppen, ohne dass Schrotti es merkt.“
„Bestimmt ist er gleich wieder da.“ Silke ging unbeeindruckt weiter. „Ich guck mich mal hinten bei den Fahrrädern um. Vielleicht liegt da doch noch ein Computer.“
„Freu dich nicht zu früh“, entgegnete Tobias. „Meiner läuft auch mit neuen Batterien nicht. Das war ein glatter Reinfall.“
„Schrotti hat ja auch nicht gesagt, dass er funktioniert“, rief Silke. „Ob die Sachen was taugen, weiß man eben erst, wenn man sie zu Hause ausprobiert.“

Die Kinder liefen über den Platz zu der Halle, in der Tobias vor wenigen Tagen den Oldtimer gesehen hatte. Ob das Auto da noch immer stand?
Während Silke in einem Stapel Lenker und Fahrradrahmen kramte, drückte Tobias die Klinke der Hallentür herunter. Im Inneren war es dunkel. An der Wand standen noch immer die Bananenkartons, die bis zum Rand mit Papier gefüllt waren. Und hinten auf der Hebebühne war der Oldtimer aufgebockt. Alles unverändert.
Ob auch die Scheibe noch da war, die er das letzte Mal gesehen hatte? Tobias ging zu der Stelle, wo der seltsame Metallgegenstand an der Wand gelehnt hatte. Nichts. Stattdessen standen dort zwei Holzschlitten neben einem Stapel Zeitungen und einem Gerät, das ein wenig Ähnlichkeit mit einem Staubsauger hatte. Am Ende eines langen Griffes befand sich eine Apparatur, die so aussah, als ob man damit den Boden reinigen oder absaugen könnte. Aber wozu waren dann die Haltegurte und die Kopfhörer zu gebrauchen? War das Gerät so laut, dass man seine Ohren schützen musste?
Gerade als Tobias neugierig den Kippschalter an der Seite betätigen wollte, hörte er draußen

einen Wagen vorfahren. Schnell lief er zur Tür und lugte durch den Spalt hinaus. Schrotti!
Der Händler wendete den Transporter und blieb mit der Ladefläche vor mehreren alten Waschmaschinen stehen. Unauffällig schlüpfte Tobias aus der Tür und lief im Schutz eines Autoreifenstapels zu Silke. Im gleichen Moment war Schrotti auch schon aus seinem Wagen heraus.
„Was sucht ihr denn schon wieder hier?“, brummte er ungehalten und kam näher.
„Eigentlich suchen wir nichts“, entgegnete Silke. „Wir wollten Sie was fragen.“
„Ich bin doch kein Auskunftsbüro. Hier ist ein

ordentlicher Metallwarenhandel, Kinder“, sagte Schrotti schmallippig. „Geht woandershin mit euren Spielsachen.“

„Auch bei solchen Fundstücken?“ Silke zog den Armreif aus der Tasche und hielt ihn hoch.

„Was ist das?“ Schrotti kniff die Augen zusammen und kam interessiert näher. „Wo habt ihr das gefunden?“

„Im Wald“, sagte Silke.

„Im Wald? Hm.“ Schrotti nahm den Armreif in die Hand und betrachtete ihn eingehend. Dann verzogen sich seine Mundwinkel verächtlich. „Das hat ja nicht mal Schrottwert“, sagte er und fuhr mit dem Daumen über das Metall. „Gar nichts ist das. Gelumpe. Vielleicht ein Messingring aus einer Waschmaschine oder von einem Ventilator.“

„Aber da ist doch etwas eingraviert“, rief Silke enttäuscht.

„Diese Linien meinst du?“ Schrotti grinste. „Das sind Abriebspuren. Ganz normal. Findest du immer wieder.“

„Und wir haben gedacht ...“

„Ihr habt wohl geglaubt, das ist etwas Besonderes, was?“ Schrotti lachte. „Nee, Kinder. Wenn ihr

wollt, entsorge ich das Ding hier kostenlos. Zu mehr ist es jedenfalls nicht zu gebrauchen."
„Schade", murmelte Tobias enttäuscht.
„Ich nehme es trotzdem mit - als Erinnerung", sagte Silke. „Wer weiß, vielleicht kann man es ja noch für irgendetwas gebrauchen."
„Das Teil nützt dir gar nichts. Komm her, ich schmeiß es weg." Schrotti wollte den Reif mit seinen großen Pranken auf einen Metallhaufen werfen, doch Silke war schneller. „Halt! Das gehört mir", sagte sie und griff nach dem Fundstück.
„Mach, was du willst", brummte Schrotti. „Aber jetzt seht zu, dass ihr Land gewinnt. Ihr habt hier nämlich überhaupt nichts zu suchen. Und das nächste Mal, wenn ich nicht da bin, wartet ihr gefälligst am Eingang auf mich. Sonst hole ich die Polizei."
Als die beiden durch die Straßen liefen, ließen sie die Köpfe hängen. Zu niederschmetternd war die Auskunft von Schrotti.
„Wenn es wenigstens ein Armreif wäre, den jemand verloren hat", sagte Tobias. „Aber nicht mal das. Nur ein wertloses Teil von einer Maschine."

„Jetzt können wir eigentlich auch nicht mehr Rauheim verdächtigen, wenn das hier wertlos ist“, meinte Silke. „Zumindest gehört dieses Teil nicht zu einer Juwelenbeute.“

„Aber er war dort“, entgegnete Tobias. „Immerhin haben wir seine Fußspuren und die Hundekacke entdeckt. Fragt sich nur, warum er überall im Wald Löcher gräbt?“

„Das wüsste ich auch gern“, sagte Silke. „Jetzt will ich aber erst mal ins Schwimmbad und mich abkühlen, sonst raucht mir noch der Kopf.“

BESUCH VON SCHROTTI

„Das halt ich nicht aus! Noch fünf lange Tage, bis wir in den Urlaub fahren“, stöhnte Tobias. Er saß auf der Schaukel und schwang lustlos hin und her. Silke war auch nicht viel besser gelaunt. Sie saß auf einem Gartenstuhl, stocherte mit ihrem Stock in der Erde herum, spießte trockene Blätter auf und riss sie dann wieder ab. „Hauptsache, das Wetter wird nicht schlechter.“

„Oder Papas Kollege bricht sich ein Bein.“

„Das wäre der Hammer“, jaulte Silke auf. „Muss dein Vater dann etwa weiterarbeiten?“

„Logo.“ Tobias’ Miene verdüsterte sich. „Damit hätte sich der Urlaub erledigt.“

„Hör auf“, rief Silke. „Mit solchen Gedanken

versauen wir uns nur die Ferien. Lass uns lieber überlegen, was wir heute unternehmen können."
„Verbrecher fangen", sagte Tobias.
„Genau", stimmte ihm Silke zu. „Ich glaube, der erste steht schon vor deiner Gartenpforte."
„He?" Tobias tippte sich an die Stirn. „Hast du einen Sonnenstich?"
„Hallo, Kinder", rief da eine Stimme vom Fußweg. Tobias wendete sich blitzschnell um. Schrotti! Was wollte der denn hier? Und warum klang er mit einem Mal so freundlich?

„Ich habe ein gutes Angebot für euch“, rief der Händler. „Kommt mal her.“
„Jetzt bin ich aber gespannt“, flüsterte Silke Tobias zu, als sie zur Gartenpforte gingen.
„Ich habe nochmal darüber nachgedacht“, legte Schrotti gleich los und lächelte. „Dieser Metallreif von gestern, ich glaube, den kann man doch noch gebrauchen.“
„Ich denk, der ist nur Gelumpe“, sagte Silke.
„Na ja, normalerweise schon“, erklärte Schrotti. „Wenn einer nichts von Waschmaschinen versteht. Aber ich verstehe was davon. Ich repariere gerade eine und brauch genau so einen Reif, damit sie wieder funktioniert.“
„Wofür soll der denn gut sein?“, erkundigte sich Tobias.
„Ach Kinders, das ist nicht so leicht zu erklären“, sagte Schrotti. „Eine Waschmaschine ist schließlich ein kompliziertes Gerät. Aber wie auch immer: Ich biete euch drei Euro für euren Fund. Ist doch ein gutes Geschäft und eine tolle Aufbesserung eurer Ferienkasse, oder?“
„Ja, klar!“ Tobias wollte schon loslaufen, um den Reif zu holen. Doch er wurde von Silke unter-

brochen. „Nein, tut uns Leid“, rief sie dazwischen. „Wir haben das Teil nicht mehr.“
„Wie? Wo ist es denn?“, fragte der Schrotthändler.
„Bei der Polizei“, behauptete Silke. „Wir haben uns gedacht, dass wir das Fundstück dort besser abgeben. Es könnte ja sein, dass jemand danach sucht. Und wir wollen schließlich keinen Ärger haben und als Diebe dastehen.“
„Hm, hm“, sagte Schrotti nur und unter seinem Auge zuckte es nervös. „Bei der Polizei“, echote er und machte eine Kehrtwendung. „Na ja, da kann man wohl nichts mehr machen.“
„Nee, das kann man wohl nicht“, sagte Silke und sah dem Schrotthändler nach, der sich ohne Gruß auf der Straße entfernte, sein Mobiltelefon aus der Tasche zog und einige Zahlen eintippte.
„Wieso hast du gesagt, dass wir den Reif der Polizei gegeben haben“, empörte sich Tobias. „Wir hätten die drei Euro doch einkassieren können.“
„An der Sache ist was faul“, sagte Silke und sah nachdenklich hinter Schrotti her. „Wieso kommt der plötzlich und will den Reif haben?“
„Hat er doch erklärt“, meinte Tobias, noch immer sauer darüber, dass ihnen das Geld durch die

Lappen gegangen war.
„Das mit der Waschmaschine glaubst du doch selbst nicht“, rief Silke. „Ich weiß zwar nicht, wie so eine Maschine von innen aussieht, aber der Reif passt da bestimmt nicht rein. Und ist es nicht ein unglaublicher Zufall, dass Schrotti plötzlich genau so ein Teil benötigt?“
„Na ja“, sagte Tobias. „Das ist schon merkwürdig.“
„Eben. Bestimmt ist der Reif doch etwas wert. Vielleicht stammt er wirklich aus der Beute von Rauheim und Schrotti wollte das gestern nur verheimlichen.“
„Aber wie sollen wir das herauskriegen? Sollen wir wirklich zur Polizei gehen?“, überlegte Tobias.
„Nee, ich habe eine andere Idee. Komm mit.“
Während sie unauffällig hinter Schrotti herliefen, erklärte sie ihren Plan.
Wenige Meter vor dem Schrottplatz trennten sich die beiden. Silke ging weiter, Tobias verbarg sich hinter einem Busch und kletterte kurze Zeit später an dem Maschendrahtzaun hoch, der den Schrottplatz umgab. Silke lief durch das Tor zu

Schrottis Wärterhäuschen. Der Händler saß an seinem Tisch und telefonierte noch immer. Gerade als er fertig war und sein Mobiltelefon ablegte, betrat Silke die Hütte. „Was willst du denn hier?“, fragte Schrotti unwirsch.
„Ich will Ihnen helfen, die Waschmaschine zu reparieren“, sagte Silke.
„Aha, und wie soll das funktionieren, wo doch das wichtige Teil fehlt?“
„Ganz einfach“, antwortete Silke. „Ich gehe zur Polizei und frage, ob ich den Metallreif zurückbekomme. Vielleicht wollen die den ja gar nicht haben, wenn er sowieso wertlos ist. Und wenn Sie ihn benötigen ...“
„Hahaha“, lachte Schrotti. „Du bist ein schlaues Mädchen.“
„Ja, ich will schließlich meine Urlaubskasse aufbessern“, sagte Silke und spürte siegessicher, dass sie Schrotti schon überzeugt hatte. Da begann plötzlich in einiger Entfernung ein unglaublicher Lärm. Es hörte sich an, als würden ganze Schrottberge in sich zusammenfallen.
„Was ist das?“, keuchte Schrotti und sprang auf. „Bin gleich wieder da, Mädchen. Ich guck nur mal

kurz ... Na warte, da werde ich aber ...“ Im Nu war er zur Tür hinaus und rannte schreiend über das Gelände.

Silke musste grinsen. Gut gemacht, Tobias, dachte sie. Und: Hoffentlich lässt er sich nicht erwischen.

Mit einem schnellen Griff hatte sie Schrottis Mobiltelefon in der Hand und tippte geschickt auf einige Tasten. Auf dem kleinen Bildschirm erschien eine Telefonnummer, die Nummer, die Schrotti als letzte gewählt hatte. Silke schrieb sich

die Zahlen eilig auf den Handrücken und war im Nu aus der Hütte und durch das Tor des Schrottplatzes. Etwas später kam sie ganz außer Atem bei Tobias' Haus an und klingelte. Im gleichen Moment wurde schon geöffnet. Tobias ließ sie ein. „Hat alles geklappt?"

„Logo", rief Silke und konnte sich vor Lachen kaum halten.

„Bei mir auch", grinste Tobias. „Als Schrotti bei seinem Metallhaufen ankam, war ich schon wieder auf der anderen Zaunseite. Der hat mich nicht gesehen. Ich glaub, der hat auch nicht mitgekriegt, woher der Krach kam."

„Wie hast du nur diesen Höllenlärm hinbekommen?", fragte Silke.

„Ich habe mit einem Auspuffrohr auf eine alte Zinkwanne geschlagen. Das war ziemlich wirkungsvoll", erklärte Tobias. Dabei sah er seine Freundin erwartungsvoll an. „Hast du die Nummer?"

„Hier." Silke zeigte ihren Handrücken und lief zum Telefon. „Mal sehen, wer sich dahinter verbirgt."

Der Anschluss war eindeutig nicht aus ihrer Stadt. Silke musste eine Vorwahl wählen, dann

tutete es lange Zeit. Doch schließlich meldete sich eine Stimme am anderen Ende: „Schmuck- und Antiquitätenhandel Reinhard. Was können wir für Sie tun?“
„Nichts“, sagte Silke und legte auf. Einen Moment schwieg sie, um dann hervorzustoßen: „Hab ich es mir doch gedacht. Schrotti wollte mit unserem Armreif Geld verdienen.“
„Ob der vielleicht mit Rauheim gemeinsame Sache macht?“, überlegte Tobias. „Stell dir das mal vor: Rauheim buddelt die Sachen aus, gibt sie Schrotti und der verkauft sie. Schließlich hegt bei einem Schrotthändler niemand Verdacht, während sich jeder Schmuckhändler wundern würde, wenn Rauheim ihm etwas verkaufen will.“
Silke nickte. „Weißt du was, Tobias?“, flüsterte sie mit vor Aufregung heiserer Stimme. „Ich glaube, wir sind auf einer ganz heißen Spur. Allerdings habe ich Angst, dass es bald zu gefährlich für uns wird. Wir sollten zu deinem Vater gehen.“

INTERESSANTE NEUIGKEITEN

Als die beiden Detektive ins Zeitungsgebäude traten, platzten sie fast vor Ungeduld, ihre Neuigkeiten berichten zu können. Doch sie hatten Pech. Tobias' Vater telefonierte und er machte überhaupt keine Anstalten, sein Gespräch zu beenden, obwohl Tobias und Silke vor ihm Grimassen schnitten und damit andeuteten, dass es fürchterlich dringend war. Er nickte nur, winkte ab und lauschte dann weiter, was ihm der Anrufer berichtete. Dabei machte er sich eifrig Notizen.

„Typisch. Hier könnte jetzt ein Elefant reinkommen und mein Vater würde gar nichts davon mitbekommen“, stöhnte Tobias. Aber was blieb ihnen

anderes übrig, als sich an den Redaktionstisch zu setzen und in alten Bänden zu blättern? Glücklicherweise kam Silkes Mutter zwischendurch herein. Sie brachte Manfred eine Tasse Kaffee, während der weitertelefonierte. „Und?“, fragte sie. „Seid ihr schon weitergekommen bei der Suche nach dem Zeitungsdieb?“
„Diese Ermittlungen müssen ein wenig ruhen“, antwortete Silke mit wichtiger Miene. „Zuerst fassen wir den Unbekannten, der im Wald nach Schätzen gräbt.“
„Habt ihr schon eine heiße Spur?“, erkundigte sich Vera überrascht.
„Haben wir“, sagten Tobias und Silke wie aus einem Munde. „Rauheim läuft nachts im Wald herum und gräbt seine Beute aus.“
„Na bestens. Das könnt ihr ihm dann gleich selbst sagen. Er dürfte in wenigen Minuten hier sein“, erklärte Manfred, der sein Telefonat unbemerkt beendet hatte. „Papa, dann musst du aber unbedingt die Polizei benachrichtigen“, rief Tobias mit ängstlicher Stimme. „Wir haben Beweise, dass Rauheim der Täter ist.“
Doch der Vater lächelte nur. „Bestens“, sagte er.

„Dann könnt ihr Rudloff ja alle Beweise vorlegen. Der kommt nämlich auch gleich. Und Förster Schumann ist ebenfalls aus dem Urlaub zurück. Er hat eine Überraschung für uns."

„Ich verstehe nur Bahnhof", murmelte Silke.

„Das scheint ja richtig spannend zu werden", meinte ihre Mutter. „Steht der Fall jetzt etwa vor der Auflösung?"

„Nicht ganz", sagte Manfred geheimnisvoll. „Aber die Polizei ist bei den Ermittlungen wohl einen gewichtigen Schritt weitergekommen. Jetzt muss ich aber erst mal ins Archiv und den Zei-

tungsband vom Dezember 1985 herauskramen. Der Förster meint, dass der ganz hilfreich sein könnte."
Ein Zeitungsband, der Kriminalfälle lösen sollte? Die Kinder folgten Manfred neugierig in den Keller. Doch der gebundene Ordner, den Tobias' Vater heraussuchte, sah genau so aus wie alle anderen, die in den Regalen lagerten. Als sie wieder oben ankamen, saßen Rudloff und Rauheim in der Redaktion. Förster Schumann kam gerade zur Tür herein.
„Wie ich sehe, sind schon alle hier versammelt", sagte er und nickte auch den Kindern freundlich zu. „Herr Rudloff hat mich vor einer Stunde benachrichtigt, dass im Wald merkwürdige Grabungen durchgeführt werden", fuhr er mit ernster Stimme fort. „Allerdings hatte Herr Rauheim mir bereits heute Morgen davon berichtet. Ich hatte ihn nämlich gebeten, während meiner Abwesenheit mit dem Hund im Wald nach dem Rechten zu sehen. Sozusagen als Gegenleistung dafür, dass sich Herr Rauheim Holz für seinen Ofen schlagen darf."
Tobias und Silke sahen sich erstaunt an. War das

die Möglichkeit? Rauheim arbeitete als Aushilfs-Förster! So ein Mist! Dann hatten sie ihn ja zu Unrecht verdächtigt!

„Was die Löcher betrifft“, fuhr der Förster fort, „kann ich mir vorstellen, was der unbekannte Täter sucht.“ Er ging zum Tisch und klappte den alten Zeitungsband auf, den Tobias' Vater aus dem Archiv geholt hatte. „Hier, dieser Bericht von vor vielen Jahren zeigt es deutlich: Überall dort, wo in den vergangenen Nächten gegraben wurde, befinden sich Hünengräber“, erklärte der Förster. „Es handelt sich dabei um Gräber aus der Bronzezeit, die man mit Metallsuchgeräten aufspüren kann. Damals wurde den Toten persönliches Eigentum mit ins Grab gegeben. Männer wurden mit Dolchen, Kurzschwertern oder Pfeil und Bogen beerdigt. Bei Frauen findet man oft Schmuck wie Haarnadeln, Halsringe und Armreif. Darauf hat es der unbekannte Täter vermutlich abgesehen, denn diese Dinge sind sehr wertvoll.“

„Und ich habe diesen Grabräuber noch nicht erwischt“, grollte Rauheim mit versteinerter Miene. „Einmal hätte ich ihn beinahe geschnappt, doch er konnte fliehen.“

Silke hielt bei dieser Aussage gebannt den Atem an. Nur zu genau konnte sie sich erinnern, was vor kurzem in der Nacht passiert war. Vermutlich hatten Tobias und sie den Täter verjagt. Und wenn Rauheim den hier Anwesenden davon erzählte ...

Doch Tobias schien davor überhaupt keine Angst zu haben. „Was passiert denn, wenn man solche Schmuckstücke im Wald findet?“, fragte er interessiert.

„Na ja, so einfach im Wald finden kannst du die nicht“, meinte der Förster. „Die Grabbeigaben sind ja unter einer dicken Erdschicht verborgen.“

„Und wenn man doch etwas findet? Darf man das dann behalten?“

„Auf keinen Fall.“ Schumann zwinkerte verschmitzt. „Das wäre schön, oder? Wie bei richtigen Schatzsuchern. Aber bei solchen Fundstücken handelt es sich um Eigentum des Staates. Sie zu untersuchen ist wichtig, um herauszufinden, wie die Menschen vor 3000 Jahren gelebt haben. Wenn jeder diese Schätze mit nach Hause nehmen und in sein Regal stellen würde, könnten wir nie erfahren, was früher in die Gräber gelegt wurde. Wir wüssten nicht, welchen Schmuck man damals besaß. Wir hätten keine Ahnung davon, ob hier überhaupt Menschen gelebt haben. Aus diesem Grund müssen solche Funde unbedingt ins Museum, wo sie gereinigt und genau untersucht werden."

„Deshalb wüsste ich ja auch so gerne, wer der Grabräuber ist", knurrte Rauheim. „Wer weiß, was der sich schon alles unter den Nagel gerissen hat?"

„Wir können Ihnen sagen, wer der unbekannte Grabräuber ist", rief Tobias. „Und ich glaube, ich weiß jetzt auch, wo die gestohlenen Zeitungpakete geblieben sind."

„Was? Wie willst du das denn herausbekommen haben?", rief Rudloff überrascht und auch Silke sah Tobias erstaunt an.

„Hier." Tobias deutete auf die Zeitungsseite im Archivband, auf der über Gräber der Bronzezeit berichtet wurde. „Hier kann man sehen, wie die Schmuckstücke am Fundort vorsichtig in Zeitungspapier gewickelt werden. Und genau das hat unser Täter auch gemacht."

„Und wer soll der Täter sein?", fragte Förster Schumann.

„Erzähl jetzt keinen Blödsinn“, ermahnte Manfred seinen Sohn. „Man darf nicht einfach so jemanden beschuldigen.“
„Ist in Ordnung. Ich beschuldige niemanden“, sagte Tobias geheimnisvoll. „Aber vielleicht sollten wir mal Schrotti einen kleinen Besuch abstatten. Hinten in seiner Werkstatt stehen einige interessante Bananenkartons.“

Ein ungewöhnlicher Zug setzte sich von der Redaktion des Generalanzeigers aus in Bewegung. Förster Schumann, Rauheim, Rudloff, Tobias' Vater, Silkes Mutter und die beiden Kinder liefen in Richtung Schrottplatz. Tobias' Vater hatte vorsichtshalber gleich seine Kamera eingepackt. Aber er sah seinen Sohn und Silke immer wieder skeptisch an. Konnte es wirklich sein, dass die beiden Recht hatten?
Auch jetzt war Schrotti nicht auf dem Platz. Doch das Tor stand offen.
„Eigentlich dürfen Silke und ich nicht mehr ohne seine Erlaubnis auf das Gelände“, sagte Tobias.
„Ich habe die polizeiliche Genehmigung“, antwortete Rudloff und schmunzelte. „Wir wollen schließ-

BANANAS
BANANAS

lich nur Schrott untersuchen."
„Hier sind die Kartons", rief Tobias wenig später und zog die Tür der Werkstatt auf. Der Polizist ging vorweg und hob einen der Bananenkartons vom Stapel. Er legte das zusammengeknüllte Zeitungspapier zur Seite, dann hielt er einen metallenen Gegenstand in der Hand. „Na, das ist aber eine Überraschung", sagte er trocken. „Ich glaube, unser Schrotthändler hat einiges zu erklären. Um gewöhnlichen Schrott scheint es sich hier in der Tat nicht zu handeln."
„Unglaublich", rief Manfred und fotografierte, was das Zeug hielt. Denn nun waren auch Rauheim und der Förster damit beschäftigt, die Kartons zu untersuchen. Im Nu hatten sie zahlreiche Schmuckstücke, Dolche und Pfeile ans Tageslicht befördert.
„Wie bist du nur darauf gekommen?", flüsterte Silke Tobias zu, nachdem sie sich unauffällig vor die Tür bewegt hatten.
„Ist doch ganz einfach", antwortete ihr Freund. „Kannst du dich noch erinnern, was für ein Buch Schrotti vor ein paar Tagen gelesen hat? ‚Ur- und Frühgeschichte' hieß das. Ich habe mich schon

damals gewundert, was er damit will. Und als der Förster dann den Zeitungsausschnitt zeigte, hat es bei mir geklickt."

„Hey, ihr da", schrie mit einem Mal eine wütende Stimme. Schrotti kam auf Silke und Tobias zugerannt, die Hände zu Fäusten geballt. „Was sucht ihr in meiner Halle? Raus da, oder ich hole die Polizei!"

„Machen Sie sich keine Mühe. Die Polizei ist schon da." Rudloff trat neben die beiden Kinder. „Von Ihnen hätte ich jetzt gerne ein paar Auskünfte, wie Sie an diese interessanten Fundstücke gekommen sind."

BELOHNUNG

„Da hat Schrotti aber Augen gemacht!“ Tobias musste lachen, als er sich an das verdutzte Gesicht des Schrotthändlers erinnerte.

„Und meine Mutter erst“, rief Silke. „Die konnte sich ja gar nicht mehr einkriegen, als sie bemerkte, dass Schrotti die Schmuckstücke aus der Bronzezeit in ihre nagelneuen Zeitungen gewickelt hatte.“

„Das war aber auch zu dämlich von ihm.“ Tobias bestrich sich noch ein Brötchen mit Marmelade. „Erst hat er ja behauptet, dass es sich um Altpapier handelt. Aber als deine Mutter die Zeitungsseiten auf dem Boden ausgelegt hatte, musste er doch zugeben, dass er sie geklaut hatte.

Waren schließlich immer wieder die selben Überschriften: ‚Schützen wählen neuen Vorstand' und ‚Sommerfest mit buntem Programm'."
„Wie langweilig", stöhnte Silke. „Da kann dein Vater ja froh sein, endlich mal eine spannende Geschichte zu haben."
„Na klar. So was bekommt er nicht alle Tage."
„Und wir sollten uns auf den Weg machen und unsere Belohnung abholen", sagte Silke. „Ich bin schon gespannt, was es sein könnte."
„Bestimmt irgendetwas aus dem Prämienshop der Zeitung", meinte Tobias. „Komm, lass uns gleich losgehen."
Sie liefen durch die Stadt und machten noch einen Abstecher zum Schrottplatz. Dort war das Tor geschlossen. Eine dicke Kette hing an der Eingangspforte: „Bis auf weiteres geschlossen."
„Ob sie wohl den Metalldetektor aus der Halle mitgenommen haben?", fragte Tobias nachdenklich. „Wieso willst du das wissen?"
„Na ja, sonst könnten wir uns mal auf die Suche im Wald machen ..."
„Spinnst du?", rief Silke entsetzt.
„Ist doch nur Spaß", sagte Tobias und grinste.

„Immerhin würden wir so dem Museum noch ein paar neue Fundstücke besorgen."
„Nee, ich glaube, die haben erst mal genug mit unserem Armreif und dem Schmuck von Schrotti."
„Klar, damit können die schon ein paar Vitrinen füllen. Aber ein Metalldetektor wäre trotzdem nicht schlecht. Wir würden damit am Rinnstein entlanggehen. Vielleicht finden wir ja Geld für unsere Urlaubskasse."
„Nee danke. Da löse ich doch lieber Kriminalfälle", sagte Silke.
„Meinst du, wir sollten echte Detektive werden?"
„Hm." Silke schüttelte den Kopf. „Weiß nicht. Als Detektiv musst du gehörig aufpassen, dass du alles richtig machst. Wenn ich daran denke, dass wir die ganze Zeit Rauheim verdächtigt haben ..."
„Stimmt", sagte Tobias und stieß die Tür zum Zeitungsgebäude auf. „Das war ein großer Fehler. Der hat schließlich nichts Kriminelles getan. Und vermutlich ist sein Komplize damals wirklich mit der Beute abgehauen. Ich kann mir das jedenfalls mittlerweile gut vorstellen."
Silke nickte zustimmend.
Im Obergeschoss trafen sie auf ihre Mutter.

„Hallo, ihr beiden“, rief sie. „Ich habe schon eine Belohnung zusammengestellt. Kommt mal mit.“
Sie gingen in einen Nebenraum. Auf dem Tisch lagen Fahrradtaschen und zwei Fahrradcomputer.
„Wahnsinn“, rief Silke. „Damit können wir uns im Urlaub ja gar nicht mehr verfahren.“
„Die Sorge hatte ich sowieso nicht“, schmunzelte Vera und umarmte ihre Tochter und Tobias. „Mit euch beiden Detektiven sind wir doch immer auf der richtigen Fährte.“

DIERK ROHDENBURG

am 21.01.1966 in Bremen geboren, begann nach Schulausbildung und Zivildienst ein Studium der Germanistik und Kulturwissenschaft, das er 1994 abschloss. Zur Zeit arbeitet er als Redakteur bei einer niedersächsischen Tageszeitung.

albarello – Für Kinder die schönsten Bücher –
Weitere Bücher in der Kinder-Krimi-Reihe
Detektive & Halunken

BJÖRN UND DIE AUTOKNACKER
von *Dierk Rohdenburg*
ISBN 3-930299-43-7
ab 6, 128 Seiten, Originalausgabe

Björn wird auf dem Schulweg immer wieder von einem großen Jungen bedroht, der ihm Geld abnehmen will. Björn traut sich zunächst nicht einmal, seinem Freund Fabian davon zu erzählen. Er hat sogar Angst, zur Schule zu gehen. Doch dann trifft er Mandy, das mutige Zirkusmädchen, und ihren Hund. Gemeinsam gelingt es den beiden, den großen Jungen zu überlisten und in die Flucht zu schlagen. Als sie zusammen an einem Brunnen sitzen, bemerken die beiden zwei dunkle Gestalten, die sich an einem Auto zu schaffen machen und - wie sich kurz danach herausstellt - Autoradios klauen. Als Björn und Mandy zusammen mit Fabian durch einen Zufall das Versteck der Autoknacker entdecken, wird es für die drei spannend...

BJÖRN UND DIE VIER HEISSEN RÜSSEL
von *Dierk Rohdenburg*
ISBN 3-930299-53-4
ab 6, Originalausgabe

Björn ist ein begeisterter Fußballspieler. Nach dem Training bekommt er einen Anruf von Mandy, seiner Freundin vom Zirkus. Sie erzählt Björn, dass ihr Zirkus in die Stadt kommt und eine neue, sensationelle Zirkusnummer hat. Als der Zirkus endlich in der Stadt ist, erfährt Björn, dass es sich bei der geheimnisvollen neuen Nummer um Fußball spielende Schweine dreht: eben um die vier „heißen Rüssel". Doch ihr schärfster Konkurrent, ein anderer Zirkus, ist ebenfalls in der Stadt und kurz vor der Premiere des „Schweinefußballs", sind die vier heißen Rüssel spurlos verschwunden. So beginnen Björn, sein bester Freund Fabian und Mandy fieberhaft die Spur der Schweineentführer aufzunehmen. Ein spannender und zugleich witziger Kinderkrimi im Zirkusmilieu.

albarello – Für Kinder die schönsten Bücher –
Weitere Bücher in der Kinder-Krimi-Reihe
Detektive & Halunken

EIN FALL FÜR DIE FERIEN
von *Dierk Rohdenburg*
ISBN 3-930299-58-5
ab 6, 128 Seiten,
Neue Rechtschreibung

Tim und Jantje machen Ferien in einem Hotel am Meer. Jeden Abend gibt es ein tolles Buffet mit allem, was das Herz begehrt. Trotzdem klaut jemand belegte Brötchen, die die Leute mit an den Strand nehmen. Hakan, der Sohn des Hotelbesitzers, ist sehr um den Ruf des Hotels besorgt. Daher beschließen Tim und Jantje ihm zu helfen. Schon bald haben die zwei einen Hauptverdächtigen: Ein unglaublich dicker Mann, der ständig isst und jedes Mal in der Nähe war, wenn etwas gestohlen wurde. Mit einer geheimen Überprüfung des Hotelzimmers des dicken Mannes versuchen die Kinder ihn zu überführen. Doch einen Beweis finden sie nicht. Schließlich legen die Kinder einen Köder aus. Doch wieder entkommt der Täter und nur Tims Kombinationsgabe ist es zu verdanken, dass der Fall geklärt wird.

DIE DREI DETEKTIVE
ERMITTELN IN DER SCHULE
von *Julia Volmert*
128 Seiten, ISBN 3-930299-51-8
ab 6 Jahren, Neue Rechtschreibung

Die drei Detektive Jana, Miriam und Freddi ermitteln wieder. Während Miriam noch Ferien hat, müssen Jana und Freddi wieder zur Schule. Aber Miriam möchte sich vormittags nicht alleine langweilen. Daher schleusen Jana und Freddi die verkleidete Miriam als neue Klassenkameradin in ihre Klasse ein. Dies fällt nicht auf, weil die Klasse eine neue Lehrerin bekommt. Doch gleich am ersten Schultag werden plötzlich Dinge aus den Taschen der Schüler gestohlen. Sofort wird Miriam von allen Mitschülern verdächtigt. Nun sind die drei Detektive geradezu gezwungen zu ermitteln. Kein leichter Fall, zumal sie natürlich ständig befürchten müssen, dass etwas auffällt. Wer die Bücher von Julia Volmert kennt, weiß, dass es wieder neben einer Menge Spannung auch allerhand zu lachen gibt!

albarello – Für Kinder die schönsten Bücher –
Pferdebücher mit Verstand

AUCH PFERDE BRAUCHEN FREUNDE

von *Ina Ruschinski*
ISBN 3-930299-60-7
ab 6, 160 Seiten, Originalausgabe

Paula hat Kummer: Casper, ihr Pflegepony macht selten das, was die mit Pferden unerfahrene Paula will. Doch dann lernt sie Kim kennen, die mit ihren Eltern im Ort Urlaub macht. Kim ist genauso alt wie Paula und mindestens ebenso pferdebegeistert, Kim sitzt jedoch im Rollstuhl. Aber sie hat eine Menge Fachwissen über Pferde. Kim beobachtet, wie Paula im hohen Bogen von ihrem bockenden Pony stürzt und will ihr mit Ratschlägen helfen. Leider kommt das bei Paula, die sich nichts sagen lassen will, nicht gut an, sodass die Mädchen im Streit auseinandergehen. Aber ihre Liebe zu Ponys führt sie wieder zusammen. Für beide Mädchen wird es eine wunderbare Zeit ...
Ein Pferdebuch über Freundschaft, über Stärken und Schwächen und darüber, wie ein mutiges Mädchen im Rollstuhl ihr Leben meistert.

MIA, MAJA UND DER PONY-OPA

von *Julia Volmert*
128 Seiten, ISBN 3-930299-30-5
ab 6 Jahren, Originalausgabe

Eigentlich, so denkt Mia neidisch, hat ihre Freundin Maja das große Los gezogen: die Freundin von Majas Vater hat ein Pferd gekauft. Das ist doch fast wie ein eigenes Pferd, oder? Ist es nicht, stellen die beiden Mädchen enttäuscht fest. Denn Maja darf nicht auf dem Pferd reiten, ja sie darf nicht einmal alleine in den Stall, denn es ist ein wertvolles Turnierpferd. Da ist Mia viel besser dran: Seit dem Umzug in das neue Haus wohnt sie direkt neben Opa Rogges Bauernhof und darf ein Pony reiten und pflegen. Als sich das Turnierpferd jedoch verletzt und weggegeben werden soll, wollen Mia und Maja das Pferd retten. Doch schon bald wird ihnen klar, dass sie Hilfe brauchen. Vielleicht weiß Opa Rogge Rat.

Originalausgabe

Satz: creative'S. werben, Wuppertal
Neue Rechtschreibung

ISBN 3-930299-63-1